来自情天
去由情地

细说
尤三姐

小煮红楼 著

齐鲁书社
·济南·

图书在版编目（CIP）数据

来自情天　去由情地：细说尤三姐 / 小煮红楼
著 . -- 济南：齐鲁书社，2023.1
ISBN 978-7-5333-4653-9

Ⅰ.①来… Ⅱ.①小… Ⅲ.①《红楼梦》人物-
人物研究 Ⅳ.① I207.411

中国版本图书馆 CIP 数据核字(2022)第246044号

责任编辑：王亚茹　　向　群
装帧设计：赵萌萌

来自情天　去由情地：细说尤三姐

LAIZI QINGTIAN QUYOU QINGDI: XISHUO YOUSANJIE

小煮红楼　著

主管单位	山东出版传媒股份有限公司
出版发行	齐鲁书社
社　　址	济南市市中区舜耕路 517 号
邮　　编	250003
网　　址	www.qlss.com.cn
电子邮箱	qilupress@126.com
营销中心	（0531）82098521　82098519　82098517
印　　刷	山东临沂新华印刷物流集团有限责任公司
开　　本	880mm×1230mm　1/32
印　　张	11
插　　页	3
字　　数	200千
版　　次	2023年1月第1版
印　　次	2023年1月第1次印刷
标准书号	ISBN 978-7-5333-4653-9
定　　价	48.00元

前　言

我十三岁初读《红楼梦》，十六岁沉迷，十八岁时开始不知天高地厚地写下批评的文字——其中很多观点和学界及公众主流的看法大相径庭。我当时所重点关注的人物，正是尤三姐。

二十年后创作这本书，仍是出于一个不知天高地厚的念想：替尤三姐翻案。

这是一项大工程。

我们做一切学问，首先需要一个分析的框架，才能让我们的研究成体系、有条理。对于《红楼梦》这样的鸿篇巨著而言，这个分析框架必然涉及全书的世界观。

为什么那块化身为宝玉身上"美玉"的大石头，原本是女娲炼石之后因"无才补天"而剩下的？为什么在首次介绍贾宝玉这个人物的时候，作者要提出一个长篇大论的学说，说宝玉既不属于秉承"正气"而生的"仁人君子"，也不属于秉承"邪气"而生的"大凶大恶"，而是一类非常特殊的"正邪两赋"而来之人？为什么作者要写一柄"两面皆可照人"的"风月宝鉴"，并且一度以"风月宝鉴"为整部小说命名？

其实，炼石补天、正邪两赋和风月宝鉴环环相扣，承载着一系列关于事业成就、社会伦理乃至人生价值的十分深刻的讨论。

摸清这个大框架之后，我们会带领大家逐句解读尤三姐的故事，并将之放入我们的分析框架中。然后我们就会对一系列问题感到豁然开朗：为什么作者要塑造这么一个和正十二钗背景大相径庭的、看似游离于主线故事之外的"次要"角色？又为什么要赋予她某种高于正十二钗的地位？

最后，我们会讨论一系列有趣的专题：为什么说尤三姐是林黛玉的一个"分身"？林黛玉那神秘的组诗《五美吟》，点评的居然是尤三姐的故事？为什么柳湘莲和尤三姐之间注定是悲剧收场？如果尤三姐还在，凤姐还能杀得了尤二姐吗……

尤三姐这个角色难以解读的根源在于，人类思维天然就有一种追求方便、追求一致的本能。我们天然就倾向于拾取三姐人格中的某一些碎片，得出带有正面或负面情绪的结论，给三姐贴上"烈女"或"淫奔女"这样简单粗暴的标签。这也是几百年来的读者对她争论不休、莫衷一是的原因。

然而，尤三姐这个角色的艺术和伦理价值绝不是一两个标签能够穷尽的。三姐身上集合着丰富的矛盾，她和宝玉、黛玉是同一类人，是"正邪两赋"而来之人！她是黛玉的一个"分身"，是宝玉的一个镜像；她是一个在传统道德的巨浪中逆流而上、九死不悔的人物。她在《红楼梦》中如流星般划过，却在刹那间让群星为之暗淡。她身上的种种离经叛道之处，无疑正是作者本人最勇敢的叛逆！

读懂了尤三姐，我们便了解了一种处境，知道了一类人格。我们更有可能体会到作者设计出"风月宝鉴"的苦心，并掌握"不要看这书正面"的方法。然后我们会意识到，三百年前的作者不仅没有落伍，他的胸怀和眼界即使放在今天，可能仍然是超前的。

本书是为三姐翻案，又绝不止为三姐翻案。

目　录

第一部分

红楼世界观

鲁迅先生说过，对于同一部《红楼梦》，就连"作者到底想说什么"这个最基本的问题，不同的读者都能给出天差地别的答案："经学家看见《易》，道学家看见淫，才子看见缠绵，革命家看见排满，流言家看见宫闱秘事……"

怪只怪作者太狡猾，他把六百多个大小角色推到台前，却把"自己"藏得很深。即便是这六百多个角色呈现出来的世情长卷，笔墨也是有繁有简，有隐有现，更有匠心独具的留白处，形成了无数的信息裂缝，令三百年来的读者们猜测不已、争论不休。作者让渡给我们的解读自由，真令《红楼梦》成了那柄"风月宝鉴"：每个人都会从中照见一些我们主观上想要看到的东西。

作为读者，我们是该将原作中的只言片语深文罗织，举起红楼酒杯浇着自家块垒，还是应该寻找那些明显的、成体系的、前后一致的关键处，探求作者的真意？后者或许是更不讨巧的，但我认为应该是更有长远价值的工作。因此它会是我坚持做的事情。

好在作者的真意是有迹可循的——我们完全可以从他"补天遗石"的开篇神话、"正邪两赋"的人性论，以及"风月宝鉴"正反面的设计当中，还原出一套环环相扣的完整统一的"世界观"。以这套世界观来剖析作品以及角色，我们应当能够看得更系统、更深刻。

基于上述原因，本书第一部分或许略显深涩，却是至关重要的。就连"补天遗石""正邪两赋"乃至"风月宝鉴"的原文也是如此——小说作者故意把它们放在了全书开卷的关键位置，可惜许多读者却觉得乏味而胡乱翻过去了。

愿意把三者结合起来看的人，当是少之又少的。

正邪两赋

（一）

"正邪两赋"为什么重要？

作者抛出"正邪两赋"理论的时候，主角贾宝玉甚至还不曾正式露面。作者借一位"路人"引出了宝玉，又借另一位旁观者之口用"正邪两赋"解释了宝玉。打个比方，"正邪两赋"就好像宝玉登场时作者为他播放的背景音乐，也就是他给这个人物定的调子。

先说说故事背景。小说第二回，当朝进士、林黛玉的启蒙老师贾雨村，偶遇同贾府有些瓜葛的冷子兴，两人便聊起了贾府上下内外几代人的事。提到荣国府的小公子贾宝玉的时候，冷子兴便笑话他成天在女孩堆里混，尽说些"女儿是水作的骨肉""我见了女儿我便清爽"一类荒唐的胡话，并据此断定宝玉"将来色鬼无移了"！①

贾雨村不等冷子兴说完就断然反驳了他。他说宝玉其实属于一类非常特别的人。

为了解释宝玉这个奇怪的孩子，雨村竟然提出了一整套从天地阴阳说起的"赋气"理论……这倒也符合宋明理学兴起之后的学术习惯——先提出一套天地宇宙、形而上学的玄妙理论，然后再将它对应到社会和人生的具体问题上。

雨村说，天地间有两种"气"："清明灵秀，天地之正气，仁者之所秉也；残忍乖僻，天地之邪气，恶者之所秉也。"②那如果正邪二气狭路相逢呢？"正不容邪，邪复妒正，两不肯下"③，两种气相互纠缠，就形成了"正邪两赋"之气——这便是赋气说的"宇宙论"。

雨村又说，秉承正气而生的人会成为"大仁"，秉承邪气而生的人会成为"大恶"，而秉承第三种气而生的便

---

① 《脂砚斋重评石头记庚辰本》第二回。

② 同上。

③ 同上。

是"正邪两赋"之人——这便对应到了"人生论"的层面。

这第三类人的人格是很矛盾的：

> 使男女偶秉此气而生者，在上则不能成仁人君子，下亦不能为大凶大恶。置之于万万人之中，其聪俊灵秀之气，则在万万人之上；其乖僻邪谬不近人情之态，又在万万人之下。若生于公侯富贵之家，则为情痴情种。若生于诗书清贫之族，则为逸士高人。纵再偶生于薄祚寒门，断不能为走卒健仆，甘遭庸人驱制驾驭，必为奇优名倡。[①]

许多读者看完这段话之后会得出一个简单结论：这三种人无非是大好人、大坏人，以及像我一样不上不下的普通人。

要真这么想，恐怕就误解雨村兄了。

首先，在这套世界观中，并非天下人都是"赋气"而来的。秉"正气"而生的"大仁之人"固然是凤毛麟角，"大

---

① 《脂砚斋重评石头记庚辰本》第二回。

恶"亦不多见；而"正邪两赋"而来的，也绝非高不成低不就的芸芸众生。雨村"遍游各省"①，也仅遇到过两个这样的"异样孩子"②，其中就包括和贾宝玉几乎是一模一样的艺术孪生子——甄宝玉。而和贾宝玉同父异母的弟弟贾环也是个不太有出息、不爱走正路的人。但如果你把他称作"正邪两赋"，恐怕雨村和作者都不会同意。其实，仅"其聪俊灵秀之气，则在万万人之上"一条标准，就足以说明"正邪两赋而来之人"也是万里挑一、超级稀缺的了。

其次，无论是善恶还是成败，似乎都不能很好地解释雨村对"正""邪"或"大仁""大恶"的划分。为什么"大仁"中包括了上古部落首领尧、舜、禹，中国人最引以为傲的汉唐盛世的缔造者汉文帝、唐太宗等人却被无视了？为什么韩愈被视作"大仁之人"，举世公认的贤臣范仲淹却榜上无名？为什么完成了统一大业的千古一帝秦始皇被归入了"大恶人"之列？

"正""邪"的划分标准到底是什么？

---

① 《脂砚斋重评石头记庚辰本》第二回。
② 同上。

（二）

让我们仔细揣摩一下这三组人的名单：

表一 《红楼梦》列举的大仁之人、大恶之人及正邪两赋而来之人

类型	案例
大仁之人	尧、舜、禹、商汤、周文王、周武王、周公旦、召公、孔子、孟子、董仲舒、韩愈、周敦颐、程颢、程颐、张载、朱熹
大恶之人	蚩尤、共工、桀、纣、秦始皇、王莽、曹操、桓温、安禄山、秦桧
正邪两赋而来之人	隐士：许由、陶渊明、阮籍、嵇康、刘伶
	个性文艺青年：王谢二族、顾恺之、刘希夷、温庭筠、米芾、石延年、柳永、秦观、倪瓒、唐伯虎、祝枝山、李龟年、黄幡绰、敬新磨
	败家皇帝：陈后主、唐明皇、宋徽宗
	名妓奇女：卓文君、红拂、薛涛、崔莺、朝云

贾雨村列举的"大仁之人"有十七个，"大恶之人"有十个；而"正邪两赋而来之人"则足足列出了二十六个

历史人物和两个家族，这些人的出身背景和业务范围五花八门。

为了方便大家理解，我们权且把"正邪两赋而来之人"划分为"隐士""个性文艺青年""败家皇帝""名妓奇女"四个群组。其中，"个性文艺青年"这支队伍最为庞大，不仅有书画家顾恺之、米芾，文学家柳永、秦观，音乐家李龟年、黄幡绰，魏晋时期多出才艺之士的"王谢二族"，还有明代"江南四大才子"中的唐伯虎、祝枝山，等等。

以我们今天的眼光看，"大仁之人"未必都比"大恶之人"更有出息，而"大恶之人"或"正邪两赋"之人，也未必比"大仁之人"更让人讨厌。但这套"仁"和"恶"的划分方法，很符合中国古代的正统意识形态，也就是儒家的意识形态。

只要细细考察一下这三种人物的时代分布，我们不难窥见其中奥妙。

表二 《红楼梦》中大仁之人、大恶之人及正邪两赋而来之人的时代分布

类型	时代			
	上古	先秦	秦汉至唐五代	宋元明
大仁之人	尧、舜、禹	商汤、周文王、周武王、周公旦、召公、孔子、孟子	董仲舒、韩愈	周敦颐、程颢、程颐、张载、朱熹
大恶之人	蚩尤、共工	桀、纣	秦始皇、王莽、曹操、桓温、安禄山	秦桧
正邪两赋而来之人	许由		陶渊明、阮籍、嵇康、刘伶、王谢二族、顾恺之、刘希夷、温庭筠、李龟年、黄幡绰、敬新磨、陈后主、唐明皇、卓文君、红拂、薛涛、崔莺	宋徽宗、米芾、石延年、柳永、秦观、倪瓒、唐伯虎、祝枝山、朝云

"大仁之人"集中出现在两个时代：先秦和宋代。

圣人孔子生活在先秦，而他向往着上古时代，渴望恢复周礼。无论是尧、舜、禹还是周朝早期的几位天子，都

是孔子大力推崇和极力塑造的明君典范。因此"大仁之人"中的大多数，就生活在上古和先秦时期。

"仁"的第二个爆发期就是宋朝。雨村列举的周、张、二程和朱熹，都是宋代理学家的代表人物。他们将传统儒学升级为理学，也称"新儒学"，完成了儒家的复兴大业。此后的一千年中，理学不仅上升为官方统治哲学，还成功下沉到民间，让儒家首次打通不同阶层，实现了"统一思想"。

先秦和宋代之间，"大仁之人"存在一个明显的断层，而这个断层的始作俑者正是那位焚书坑儒的"大恶之人"秦始皇。秦始皇用中央集权的专制王朝取代了逐级效忠的分封制，孔子那个建设宗法小社会的理想便彻底破灭了。秦朝崇尚的是法家，用严苛的制度激励人、制约人；而汉初文景之治则是用道家思想治国，轻徭薄赋，与民休息。直到汉武帝时期，才终于罢黜百家、尊崇儒术。此时的儒家尽管为了适应新的社会需要而接受了诸多改良，但终于扬眉吐气，一跃成为中国社会的正统思想，并延续两千余年，自然是莫大的成功。这项成功，就不得不感谢那位汉代的"大仁之人"董仲舒了。

按照先秦、秦汉至唐五代、宋元明的时间线略一梳理，我们不难发现雨村看似随意列举的"大仁之人""大恶之人"的名单，背后是一场历经几千年，波澜壮阔的没有硝烟的战争，是一部儒家"正统"和其余诸"异端"之间此消彼长的思想发展史。

那么问题来了，为什么在儒学成为正统之后到宋代的一千年间，神州大地孕育的"大仁之人"寥寥无几呢？

其实进入魏晋以后，国家处于分裂状态，政局动荡不安。这时期的文人索性放弃了政治抱负，将身体放逐于山水之间，将思想寄托于玄老之学。隋唐时期国家统一，但佛学兴盛，又将大量知识分子吸引了去。此时儒学虽然仍被统治者奉为正统，但在知识分子"思想市场"上所占的实际份额日益萎缩。从唐至宋，儒家常有"儒门澹泊，一辈豪杰都为禅门收拾去"的悲叹。而禅门和玄老类似，总难免隐沦避世之弊。也就难怪唐代"大仁之人"韩愈要高举"辟佛复儒"的旗帜，而北宋大政治家欧阳修则直言"佛法为中国患"了。

儒学之所以在和佛教交锋过程中长期处于下风，主要是因为一块短板：不够"玄"。佛教背后有一套形而上的终极理论，但儒学对普通百姓而言就是基于世俗生活的一系列道德规范。既不讲因果轮回，也没有极乐世界，更不探究生关死劫一类的问题，儒学的传播主要靠道德感召，而遵不遵守只能看个人自觉，因此无论是在说服力还是约束力上，儒学都吃了亏。

为了弥补短板，理学的开山鼻祖、北宋第一位"大仁之人"周敦颐回到儒家经典《易》当中，提炼出一套阴阳五行的宇宙论作为世界运行的终极真理，也就是后来朱熹所说的"天理"。理学家们把"天理"当成自家世俗道德的理论依据——谁要是不遵守社会和家庭伦理，谁就是在逆天悖理，是要遭到报应的。

有了这套宇宙论的加持，儒学才终于成功升级换代，拥有了对于全社会的威慑力和统治力。宋代也就成了儒学中兴的黄金时代。

宋代大儒、理学之集大成者，雨村列出的最后一位"大仁之人"朱熹就认为，正统儒学自从孔孟之后便"失传"了，直到北宋周敦颐才接续上。自秦至五代，只能算是儒学堕落的一千年，"道丧千载，圣远言湮"。可怜为儒学做出过重大贡献的两位"大仁之人"——汉代董仲舒、唐代韩愈，也被朱熹一笔勾销了。

其实这儒学堕落的一千年，恰恰是文人思想解放的一千年。用上面的列表来作参考，这一千年只出现了不足八分之一的"大仁之人"，却孕育了过半数的"正邪两赋"之人。考虑到魏晋时期的王羲之那一大家子以及谢道韫那一大家子委实人才辈出，"王谢二族"本身就是一个颇为庞大的军团，说句"正邪两赋而来之人"绝大多数出自这一时期，也并不为过。

那么"正邪两赋"而来的，究竟是怎样的一群人呢？

（三）

有学者说过："从儒学史的发展来看，改造世界或者安排世界的秩序才是中国思想的主流。"

儒家的态度从来都是积极入世的。他们的一切主张，目的就是为统治者建立和维护世界的秩序。因此他们的眼光和理想总是放在改造社会上：孔子一心想要恢复礼乐，孟子则想要恢复井田制。

当谈论起个人的时候，他们关注更多的也是个人的社会责任："社会"要求我做什么？我的"身份"要求我做什么？所谓"君君臣臣父父子子"，每个人都是由绑在他身上的那一条条社会关系来定义的。

因此我们不妨尝试这样理解："大仁"者，就是对改造或安排世界秩序有重大贡献的人，他们是传统社会的建设者和中流砥柱。这正是雨村所说"应运而生""运生世治"[①]的意思。与此相对立的，"应劫而生""劫生世危"[②]的"大恶之人"，则是良好社会秩序的破坏者。当然，所谓良好社会秩序，以儒家的理想秩序为准。

至于那些"正邪两赋而来之人"，则正邪兼而有之——虽然做不了正统醇儒，但也不会完全站到社会伦理的反面去。他们不至于揭竿而起、大肆破坏，但他们的关注点显然和"正统"有很大的出入。比起怎样做才对"社会"有益，他们似乎更愿意去关心"我"喜欢做什么、"我"擅长做什么，甚至"我"的人生意义是什么。这些人往往不愿听从"社会"和"身份"的召唤，在人群中显得特立独行：当皇帝的不务正业，做臣子的屡试不第，搞艺术的更热衷行为艺术，做女人的似乎不知"妇道"为何物……

---

① 《脂砚斋重评石头记庚辰本》第二回。
② 同上。

这类人背景差异特别大。而雨村则说，尽管他们性别可能不同，社会身份可能不同，但有一个特点是相同的：比起社会的规则和规范，他们更在意个人的独立和自由——即使是在最贫穷落魄的状况下，他们也"断不能为走卒健仆，甘遭庸人驱制驾驭"。

这套"赋气说"，乍一听上去很有理学的意味。贾雨村在发言前，先鼓吹需要"致知格物之功，悟道参玄之力"[①]才能懂得这套理论，这就是妥妥的理学腔调。在选取"大仁之人""大恶之人"范本的时候，"赋气说"的标准也显得很正统；然而当说到"正邪两赋"的时候，它却一下子把传统颠覆了。

刚才说到，儒学通过在宇宙和人伦之间建立比附，成功升级为理学。理学的一篇开山之作，便是"大仁之人"周敦颐的《太极图说》："无极而太极"，"乾道成男，坤道成女"……阴阳结合，"二气交感"，由此化生世间万物。从《易》的"天尊地卑"，理学家们自然而然得出了"阳尊阴卑""男尊女卑"这些推论。既然人伦是天理的社会实践，

---

① 《脂砚斋重评石头记庚辰本》第二回。

那么女子对于男人的附属关系就是不容置疑的真理。

《礼记》说："君子之道，造端乎夫妇。"妻子对丈夫的忠贞不二被儒家视作社会秩序的基石。在此基础上，还可以比附出儿子对父亲的绝对服从、臣子对君主的绝对服从……层层叠加，绘制出一个精致严密的社会等级图形。换句话说，君臣、男女、长幼之间的高低贵贱，从出生的时候就已经被决定了。人与人之间天然就是不平等的。

而《红楼梦》的"赋气说"把理学用来比附尊卑的"阴阳"偷梁换柱说成"正邪"，看起来只是换了个代名词，却悄然得出了一个颠覆性的结论：气虽然有"正"与"邪"的区别，它附着到人身上的时候却不择高低。无论男女，无论贵贱，完全可以因为禀赋了同样的"气"而成为本质上相同的人！

"赋气说"以及《红楼梦》整部小说，把眼光聚焦到了那些千百年人不了"正统"之法眼的另类人生之上；而且尽管这类人可能男女有别、身份悬殊，作者却将他们平等视之："此皆易地则同之人也。"[1]从皇帝到妓女，"人"

---

[1]《脂砚斋重评石头记庚辰本》第二回。

原来是一样的，只是处境不同罢了。

这实在有些大逆不道。要知道，宗法最反对的就是"平等"。宗法制度，是要从根子上给每个人都排出个尊卑秩序来，让所有人在金字塔上各安其位、各司其职。所以这套"正邪两赋说"在儒家的正统外衣下，其实掩藏着一个惊世骇俗的反正统的立场。

《红楼梦》就是这样一部奇书。在一些一眼看上去貌似是老生常谈的言论之下，掩盖着某些非常"不安分"、非常深刻的反思。所以看这部书，一定不能只看表面。

（四）

"正邪两赋而来之人"的例子蔚为大观。这些人和"大仁之人"之间虽然不形成正与邪的决然对立，但气质上也往往是冲突的，而且这冲突有迹可循。

第一层冲突，是仕与隐。

相比较积极入世的"大仁"们来说，"正邪两赋而来之人"通常对于改造社会不太热衷。如果我们把面临"仕"和"隐"两个选项的士人阶层单独拿出来，会发现终身不仕或者由仕而隐的人，比人在仕途的多得多。而即便是一直当官的几位，他们的出名也和官做得好毫无关系。于政绩上，他们几乎一片空白，当官过程中的"奇葩"故事倒是有一箩筐。

表三　"正邪两赋"之士人中出仕及不仕的人物对比

仕	不仕或由仕而隐
顾恺之、米芾、石延年、秦观	许由、阮籍、嵇康、刘伶、陶渊明、谢安、刘希夷、温庭筠、柳永、倪瓒、唐伯虎、祝枝山

如果算上和政治基本绝缘的乐籍优伶和女性，"正邪两赋"这个群体，整体上距离"出仕"就更加遥远。

和具备鲜明的政治属性的"大仁之人""大恶之人"相比，"正邪两赋"人物的政治色彩要淡得多，也可以说，他们是"超政治"的。

"大仁之人"倾向于"入世"或者"仕"，而"正邪两赋而来之人"倾向于"隐"的最好的例子，就是尧和许由这一对上古人物。

许由屡次出现在《庄子》中，但历史上是否确有其人，已经无从考证。① 庄叟笔下的许由更像是一个寓言角色，每每被拿来和儒家眼中的大圣人尧做对比。

《庄子·逍遥游》里的许由是位清高的隐士。尧听说许由能力比自己强得多，便想要把天下禅让给他，许由却说"名者，实之宾也"——他提出一套和最重视"名"的儒学针锋相对的观点，拒绝了尧。有人说拒绝禅让的许由逃到了颍水之阳箕山之下。尧又想召他出来做官，许由觉得这句话简直污染了自己的耳朵，于是跑到颍水边上去洗耳朵。

尧和许由之间的冲突，其实是中国传统士人阶层价值观的一种根本的冲突：是"仕"，还是"隐"；是追求在社会上的成就，还是保持自我的纯粹。

从前的读书人，唯一的出路就是出仕。不出仕，你不仅没有实现理想的机会，甚至连生存也成问题；可是当你看到官场黑暗，人人都在贪赃枉法，想要出仕就必须曲意逢迎、同流合污，必须牺牲自己的尊严和操守，你又该怎么选择？

---

① 司马迁在《史记》中提到他曾见过许由墓。

这是一个底层的冲突，而且可能永远没有正确答案。

第二层冲突，是"自律"与"恣情"之间的冲突。

宋朝"大仁"之一的程颐和"正邪两赋"的秦观，可以算是这样的一对。

二程被后世奉为宋学之正统，他们发扬理学，引领了儒学的复兴。那个曾经"程门立雪"的杨时，四传之后便是朱熹。二程之中，又以程颐更为正统和严肃。据说一次有人请程颐喝茶看画，被他断然拒绝了，他说自己生平从不喝茶，也从不看画。如果我们在生活中遇到这种人，恐怕会暗自扫兴：这人未免也太无趣了吧！

和程颐一比，苏轼和他的学生们，包括秦观，全都是真情率性、诗酒放诞之人。苏家人特别受不了程家人的道学气。暗自扫兴太不过瘾，他们便当面嘲讽，以致和对方结下梁子，二苏的"蜀学"和二程的"洛学"，遂同水火。

不过二苏和二程冲突的根源，恐怕还不在于性情上的不同。

二程是醇儒。二苏虽然也热衷于经世济民之道，但并不尊儒术，反而更推崇佛老。因此，在理学家们眼中，二苏天然就是异端一般的存在。百年后的洛学传人、"大仁"

朱熹继续对二苏不依不饶、口诛笔伐，应当不是为了替二程报私仇吧。

贾雨村的"正邪两赋"名单倒是没有直接点出苏轼之名，却提到了"苏门四学士"之一的秦观。秦学士比起二苏又多了一重"邪气"：生活作风很成问题。

第三层冲突，是自我天性与社会要求之间的冲突。

"竹林七贤"中，有三人上榜"正邪两赋"，正是七贤中最乖僻邪谬、不拘常格的那三位：阮籍、刘伶、嵇康。三人之中，又以嵇康名气最大、下场最惨。

这位音乐家、文学家、美男子、打铁爱好者，因为得罪司马氏集团，被判处了死刑。他的判决书列举了如下罪状："上不臣天子，下不事王侯，轻时傲世，不为物用，无益于今，有败于俗……"

太精彩了！这段话简直可以拿来做"正邪两赋"的注脚了！

这一类只肯听从自己内心的召唤，却不愿听从"君君臣臣父父子子"之类责任召唤的人，无异于社会的反叛，或统治者眼里的"不令之民"——不仅不能为我所用，反而会带坏社会风气，留他做甚？"正邪两赋"之人受到排挤乃至迫害，常常是出于这个原因。

以上的三重冲突，概括起来其实就是一句话：我们应该随时服从社会利益、遵从社会道德，还是应该让个人的天性和才华自由释放？我们应该于何处取得平衡？或者，我们可能取得一种平衡吗？社会取向和个人取向之间的冲突，只要是有人类的地方就会存在，而且会始终存在下去。它不仅存在于社会与人之间、人与人之间，也常常存在于同一个人的内心深处。

然而在中国古代，这个普遍的冲突很容易被上升到"正""邪"之争的高度，让士人们备受良心的折磨——当时的正统明确要求士人要时刻压抑自己内心的躁动，时刻不忘道德规范和社会责任。

拿文学来举例。我们的传统讲求"文以载道""诗以言志"。孔子曾说："《诗》三百，一言以蔽之，曰'思无邪'。"宋明理学家再接再厉，号召大家"存天理，灭人欲"。

士大夫把他们的理想和情怀装进诗文里，但他们身上如果有灭不掉的"人欲"怎么办？这些"邪"的东西，有时候会以"词"这种形式流淌出来。

词本是酒席上的娱乐和应酬文学，不用背负教化民众的道德包袱。词人们藏在歌女的身后，模仿她们的口吻，唱出花前巷尾的男女哀乐。有趣的是，把自己藏起来之后，文人们仿佛获得了放飞自我的机会。他们从词里宣泄出的情感，有时比他们在诗里面表白的还要真实。

当时几乎所有的文人们都对此欲罢不能。不独柳永、秦观这样的风流才子，就连欧阳修、晏殊、范仲淹乃至王安石这类德高望重的政坛领袖，都纷纷加入了词人的行列。

然而这种处于道德真空的文学形式又经常让他们觉得不踏实，甚至感到羞耻。

王安石就曾经问身边的人："为宰相而作小词，可乎？"

一个身为宰相、背负社稷重任的人，也可以写"小词"这种东西吗？

南宋诗人陆游晚年曾检讨自己年轻时对写词这种世俗堕落的文化活动的沉迷："予少时汩于世俗，颇有所为，晚而悔之。然渔歌菱唱，犹不能止……"他一面舍不得自己心爱的"小词"，还要把它们集结成册；一面又要在序言里为自己的"低级趣味"而忏悔。在道德和性情之间，文人似乎快要被撕裂了。"渔歌菱唱，犹不能止"，说的便是那灭不掉的"人欲"吧。

如果王安石、陆游觉得写词是一件丢人的事，那些专在词上有成就的文人又该怎么办？

"正邪两赋"名单上有三位婉约词的巨擘：晚唐的温庭筠，宋代的柳永和秦观。

一代词宗温庭筠早年想通过在宫中走动的高僧进入官场，没能如愿。《旧唐书》这样描述他："士行尘杂，不修边幅，能逐弦吹之音，为侧艳之词。"因为不修边幅、爱结交歌伎，温庭筠被认为不够检点，达不到儒家的道德要求。而他创作的那些"侧艳之词"，更是早已违背了"思无邪"的圣人训诫。这位花间词的鼻祖，因为词和歌伎弄得自己声名狼藉，乃至仕途受阻，一生郁郁不得志。他在诗中自伤自叹道："积毁方销骨，微瑕惧掩瑜。"

后来的柳永、秦观也没能逃脱温庭筠的命运，这两人也屡屡因为作艳词、游狭邪而遇冷眼、遭讥谤。

这大概也是"正邪两赋而来之人"所常有的境遇：当社会用道德完不完美、言行合不合规去评判他们的时候，他们是很难得到世人的理解和认同的。

其实无论是尧和许由之间、洛学和蜀学之间，还是正统诗人和才子词人之间，都不存在是非对立。借用雨村的理论，他们只不过是"气"不相投罢了。有意思的是，当充满"正气"的"大仁之人"被公家供在圣殿之上时，不入流的"正邪两赋而来之人"却在民间收获了大批的粉丝。

这也不奇怪。"大仁之人"要的是"灭人欲"而"存天理"，这种自律到有些反人性的追求，在平常人眼中定是无趣到极点的。"大恶之人"则正相反，为了满足自己的欲望，他们可以无视天理规则，可以无所不用其极。

如果"正"是"理"，"邪"是"欲"，那么"正邪两赋"便是"理"与"欲"的结合——"情"。"正邪两赋而来之人"在道德的约束和自我的愿望之间沉浮，以自己的方式探索着生存的意义。比起正统的"大仁之人"，他们身上多了浪漫的艺术气息和浓浓的人情味。虽然他们可能是现实中的失败者，但他们悲欢离合的人生故事分外能打动后来人，甚至引得后来人也跟着他们讨厌起那些印象中总是板着面孔的理学家、道学先生了。

（五）

最后，当"正邪两赋"之气遇到女人，又会产生怎样的化学反应呢？

雨村的"正邪两赋"名单中包括了五名女子：卓文君、红拂、薛涛、崔莺、朝云。她们之中有闺秀，有寡妇，也有风尘女子；但无论是何种身份，她们的行事作风全都与正统所要求的"闺范""妇道"格格不入。未出嫁的小姐竟敢待月西厢，私定终身后花园；在家守节的寡妇被人一撩就"随风潜入夜"，头也不回地跑了；而身为贱籍迎来送往的风尘女子，还偏要以诗才招摇过市，在上流男人的世界里搅和……

这些"叛逆"的女人不仅模糊了社会身份的界限，甚至挑战了伦理规范的底线。她们令道学家们唯恐避之不及，更不可能进入年轻人的教材和辅导书——贾府的最高领导人兼首席教育官贾母就曾在元宵家宴上说：这类故事就连飘入家中女孩子们的耳朵里也是万万不可的。

其实红拂、卓文君能坏到哪里去呢？这些处于社会边缘的弱女子，对秩序又能造成什么实质性的破坏呢？"正邪两赋"之于她们，最终也不过是落脚到"理"和"欲"之间的一个"情"字之上罢了。

有意思的是，后来黛玉写《五美吟》，选取的五位女子和她的老师贾雨村选取的这五位，不仅身份背景十分类似，还有红拂是直接重合的。教育官们明令禁止的内容，恰恰是黛玉最爱看、最爱写的。

熟悉作者且看过原著后三十回的脂砚斋曾通过批语告诉我们，《红楼梦》后来的"警幻情榜"将黛玉评为"情情"，宝玉是"情不情"[①]；而明显以"理"自律的宝钗，很可能获得了一个"无情"[②]的评价。放到"赋气说"的框架中，宝钗始终在和自己的"欲"做斗争，无疑是气质最亲近"理"、最"正统"的一位金钗——尽管她身上那灭不掉的"人欲"，有时也会遭到作者的暗讽。而宝玉、黛玉生来就更放任自己身上的"邪"，他们是"正邪两赋而来之人"，最终也是落脚到了一个"情"字上。

顺带说一句，雨村名单中的最后一位叛逆女性朝云，本是钱塘名伎，后来成了苏轼的爱妾兼学生，也算是"蜀学"中人。比起苏轼那两位很能辅佐丈夫官场应酬的传统贤妻，朝云更有文艺气质，个性古灵精怪、多愁善感。这

① 《脂砚斋重评石头记庚辰本》第十九回夹批："后观《情榜》评曰宝玉情不情，黛玉情情……"
② 《脂砚斋重评石头记庚辰本》第六十三回掣花笺，宝钗得一牡丹花笺，上书诗句"任是无情也动人"。

位"正邪两赋"而来的女子，或许并非正统所青睐的那一类，却是最懂苏轼，也最能走进他的精神世界的女人。

"正邪两赋"名单上，同时出现了米芾、秦观和朝云这三位和东坡渊源极深的人物，应该不是偶然吧。

（六）

当雨村吹嘘他的"正邪两赋"说"若非多读书识事，加以致知格物之功，悟道参玄之力，不能知也"的时候，披的是理学的外衣，营销的却是作者自己的一套世界观。

"正邪两赋"的"正""邪"之辨，是几千年来各个思想流派在中国社会意识形态战场上的争夺，也是纠结在每一个文人内心最深处的矛盾。

到了《红楼梦》成书的时代，虽有三教合流之说，但儒家仍是官方的、主流的，是绝对的正统。文人们即使有不同的想法，又有几个人敢公然反对呢？

代表儒家正统的"大仁之人"，往往具备政治性的品格，有着浓厚的入世情怀。落实到个人头上，最要紧的是伦理身份的确认以及社会责任的履行。他们是"正"的，是有"理"的，对于自己和他人身上的"欲"，是要坚决抵制的。

但也有这样一群人，他们是超政治的、无法被纳入主流体制之中的。他们被一些传统儒家范畴之外的问题所吸引，譬如个人的情志所向、人生的终极意义，甚至是自己那点"不务正业""玩物丧志"的小癖好和小追求。

　　于"理"之外，他们也经受着"欲"的涤荡。"理""欲"相搏，造就了所谓的"情痴""情种"。

　　这种人虽不能对儒家辛苦建立的秩序造成大的破坏，但他们依然是很难被社会正统所接纳的。而《红楼梦》的主角宝玉和黛玉，不幸就属于这一类。

风月宝鉴

（一）

"风月宝鉴"是《红楼梦》中最有情色意味的一段故事。

当贾瑞为凤姐害了相思病而病入膏肓的时候，跛足道人再次出现了。这位道人是《红楼梦》中的关键"NPC"[①]之一，经常替太虚幻境的警幻仙子穿针引线，还曾经和癞头和尚一起将大石头幻化为美玉、带入凡尘。他拿着一面由警幻仙子亲手打造的镜子来搭救贾瑞，这面镜子就是"风月宝鉴"。

贾瑞照镜，看到正面是朝思暮想的凤姐向他招手，背

---

① 游戏中的非玩家角色，这里指超脱于太虚幻境对于人间的预设剧情之外的角色。

面却立着一个吓人的骷髅。贾瑞把道士"千万不可照正面，只照他的背面"①的谆谆嘱咐忘到了九霄云外，反复"神游"镜子正面与凤姐云雨，最终落得个精尽人亡的下场。那个骇人的骷髅，以及贾瑞死时的惨状，不知成了多少人的童年阴影。

风月宝鉴的故事本身就是一个宝藏，有着极为丰厚的哲学和伦理寓意。不过，贾瑞在小说中似乎是个特殊的存在：他虽然好色好淫，但又没有书中其他贵公子那样淫乱的本钱。一个卑微到了尘埃里的贾府边缘人物，真的值得警幻仙子搭救吗？为什么这样一个缺乏代表性的故事，却被用来做全书的总代表呢？小说开篇就告诉我们，《红楼梦》又名《风月宝鉴》，"是戒妄动风月之情"②；而脂砚斋则数次将《红楼梦》本身比作"风月宝鉴"，还号召大家"不要看这书正面，方是会看"③，这令许多读者感到大惑不解，甚至围绕这句话萌生出了诸多意图出奇制胜的见解。

若《红楼梦》里讲的多是一些奸淫狗盗的故事，那么

①《脂砚斋重评石头记庚辰本》第十二回。
②《脂砚斋重评石头记甲戌本》凡例。
③《脂砚斋重评石头记庚辰本》第十二回夹批。

作者劝大家"不要看这书正面",并从此"戒妄动风月之情",似乎还说得过去;然而《红楼梦》又不是《金瓶梅》,其中"男女风月"故事所占的比重是很小的,反而是对高雅精致生活以及丰富精神世界的描写占据着大部分篇幅。那么将"风月宝鉴"作为整部小说的名字,便显得有些迷失了重点。即便作者早年曾经写过一部同名小说,也不足以解释《红楼梦》的这一矛盾。

如果"风月宝鉴"四个字足以代表整部《红楼梦》,那么这个"风月",必定有更广博、更普适的含义。不过,在探讨这个问题之前,还是让我们先一起领略一下"风月宝鉴"寓言本身丰富的哲学内涵吧。

(二)

贾瑞在风月鉴正面看到的是凤姐,但我们显然并不能因此得出一个机械性的结论,说风月鉴正面就是凤姐。我们假设是凤姐的丈夫贾琏来照这面镜子,不难想见他在里面看到的一定不会是自己家里的"母夜叉"。

王国维曾引用叔本华的钟摆理论来评价《红楼梦》中形形色色的男女人物:"欲求得不到满足人便生出痛苦,

而欲求若得到满足便会生出厌倦……"

我们可以据此推论，风月鉴的正面照见的正是人心中得不到满足的泛滥之"欲"。而贾瑞和贾琏，正好处在凤姐这同一个欲望钟摆的两侧。

即便被凤姐几番戏耍，落得命悬一线，贾瑞仍然压抑不住自己"欲"的骚动，也就是书中说的"邪思妄动"①。他没有能跳出这个痛苦却虚无的轮回，于是掉进了一个无底的深渊之中。

其实，王国维所认定的《红楼梦》"欲"的主题，也只是风月鉴的其中一面。风月鉴的背面，还有一层"理"——如果用法得当，风月鉴本是可以救人的。如果看破"欲"的虚无本质以及背后的恶果，人其实有可能从中解脱，获得自由。

讲到这里，敏感的读者或许已经发现了，"风月宝鉴"和"正邪两赋"的结构是完美对应的：镜子的正面是"欲"，是正统认为"邪"的东西；反面是"理"，也就是"正"。对于"理"，作者是敬重的；然而对于"欲"，作者也是

---

① 《脂砚斋重评石头记庚辰本》第十二回。

观照的。那面将"欲"和"理"相融合的镜子，才构成了整部小说的主题——"情"。

即便是"情天情海"深处的警幻仙子，也打造不出只有背面的镜子。"欲"和"理"这一体的两面，根本无法相互剥离。

基于"欲"的虚幻性，作者又引申出了"真"与"假"的哲学命题。

贾瑞先看了镜子背面，看到一个骷髅，觉得是道士的恶作剧，直骂道："道士混账，如何吓我！"[①]当看到正面有个"凤姐"招手约他，他却一往无前，至死不悔。我们旁观者都知道，贾瑞在镜子正面和凤姐的欢会是假，背面的死亡才是真——贾瑞是"以假为真"，才招致了杀身之祸。

然而，这样理解或许仍是流于表面了。

贾瑞和凤姐云雨一事虽然是假的，但他获得的感官刺激是真的。贾瑞死后，他爷爷发现他"身子底下冰凉渍湿一大滩精"[②]。当读者鄙夷贾瑞遗精而死、情形不堪的时候，我们可能忘了书中曾经有一段孪生情节。此前宝玉神游太

---

① 《脂砚斋重评石头记庚辰本》第十二回。
② 同上。

虚境，在梦里和兼宝钗、黛玉之美的可卿恩爱过后，醒来也是遗了一滩精……

就在太虚境中，警幻仙子曾经对宝玉说过这样一句细想来十分有趣的话："仙闺幻境之风光尚如此，何况尘境之情景哉？"①

宝玉和可卿的云雨，与贾瑞和凤姐的欢会差不多是一回事，都是出自警幻的手笔。那么同样是感官刺激，倘若贾瑞的快乐是令人耻笑的，难道宝玉的快乐就是令人羡慕的吗？如果宝玉经过、见过的仙境风光"尚如此"，那我们现实中的纸醉金迷、醉生梦死，岂不是更加虚无和廉价了？我们在尘世中孜孜以求的那些东西，难道就不是镜花水月？难道就是"真"的了？

我们对于世界的全部认知，都是建立在感官的基础上的。而一切能被我们感知到的，都只是"现象"而已。对同一种颜色、同一个温度，每个人的感觉都不一样。可以说，我们感受到的一切都是虚幻性的，是假的，和贾瑞体验到的"凤姐"没有本质的不同。我们如何能确定我们感知到

① 《脂砚斋重评石头记庚辰本》第五回。

的现象能如实地反映"本体"？甚至，我们如何能确定自己是真实的"本体"？

几千年来，如何从现象界过渡到本体界，是一个始终困扰着全人类的哲学和宗教难题。

"假作真时真亦假，无为有处有还无。"①

警幻仙子，警的是幻境之幻，还是现世之幻？究竟宝玉的神游太虚之梦是梦，还是他经历的现实幻灭才是红楼一梦？

（三）

如果说风月鉴正反两面的设计是一个哲学议题，那么"反照风月鉴"就成了一项伦理议题。

跛足道士此前分明交代过贾瑞，这镜子"专治邪思妄动之症，有济世保生之功"，关键是要看它的背面："千万不可照正面，只照他的背面，要紧，要紧！"②

贾瑞不听劝告，猛照镜子正面，结果死了，他爷爷贾

---

① 《脂砚斋重评石头记庚辰本》第五回。
② 《脂砚斋重评石头记庚辰本》第十二回。

代儒就认定是道士的"妖镜"害死了他，"代儒夫妇哭的死去活来，大骂道士：'是何妖镜！若不早毁此物，遗害于世不小。'"①

贾代儒果真架起火来要烧毁"妖镜"，镜子却委屈哭泣道："谁叫你们瞧正面了！你们自己以假为真，何苦来烧我？"正哭着，只见那跛足道人从外跑来，喊道："谁毁'风月鉴'，吾来救也！"说着，直入中堂，抢入手内，飘然去了。②

针对贾瑞之死的归责问题，书中显然形成了两个阵营：贾代儒夫妇认为问题出在镜子身上，因此要毁灭风月鉴；而跛足道人和镜子本身则认为镜子是无辜的，问题出在"你们自己"身上。

如果让读者们投票，相信力挺贾代儒的人应该不少。他们的逻辑很简单：如果没有这面镜子，那贾瑞便不会精尽人亡。

将贾代儒的逻辑衍生一下，很容易得出这样的推论：

---

① 《脂砚斋重评石头记庚辰本》第十二回。
② 同上。

如果没有风情万种的秦可卿，宁国府的风气不至于那么堕落，贾府也就不至于覆灭；如果没有金钏儿、晴雯这样的"狐狸精"，男主人宝玉就不会被"勾引坏"，大观园也不会沦为一个藏污纳垢的地方。

可见，"贾代儒"绝对不是一个人，而是一群人，是一种思维惯性，是一股社会力量。这股力量强大到了令一种现象在《红楼梦》中成为规律：一旦有坏事发生，骂名和恶果总是由那些处于被选择、被支配地位的弱者来承担，而且在一旁的人还不觉得这有什么不对。这些在一旁的人，有时也包括我们读者自己。

在"风月宝鉴"的问题上，作者罕见地从幕后站了出来。镜子和道士都不属于人间，他们来自作者创建的乌托邦——太虚幻境。在中国的文化传统中，"太虚"有永恒不变之意，那么"太虚幻境"这个名字就意味着一种超世间法则的、恒久的立场。镜子一哭、道士一救，表明了贾瑞之死是咎由自取，根本怪不得那面镜子。就连作者的老熟人、第一读者脂砚斋也在一旁助阵，批那个骂道士、烧镜子的贾代儒是"腐儒"，这本小说也同那镜子一样"不免腐儒一谤"。他还在镜子为自己辩解的那句"谁叫你们瞧正面了！你们自己以假为真，何苦来烧我"旁边特意提醒读者留意："观者记之。"①

或许，有一部分细心的读者从这些小细节感受到了作者和脂砚斋的立场，也能认同镜子本身并没有错。

那如果我们把之前投票的问题改一改：贾瑞是死在凤姐手上吗？相信这一次投赞成票的人会比上一个问题多得多。

红楼梦第十二回，回目叫作"王熙凤毒设相思局，贾天祥正照风月鉴"②。其实，后面的贾瑞"正照风月鉴"，只不过是现实中凤姐"谋杀案"的一次神话寓言式的重演罢了。

在"王熙凤毒设相思局"事件中，当贾瑞在宁国府第一次骚扰凤姐时，凤姐就曾在心里想出来几句狠话："他如果如此，几时叫他死在我的手里，他才知道我的手段！"③

紧接着凤姐的"毒"就上了回目。

我们天然就会痛恨两面三刀的毒妇，同情上当受骗的

①《脂砚斋重评石头记庚辰本》第十二回夹批。
②《脂砚斋重评石头记庚辰本》第十二回回目。
③《脂砚斋重评石头记庚辰本》第十一回。

傻子。贾瑞也因此被很多读者算作了凤姐手上的又一条人命。

　　然而，如果我们仔细读原文，会发现凤姐虽然发过弄死贾瑞的狠心，自己却忙得脚不点地，压根儿没工夫去算计贾瑞。贾瑞几次三番主动来凤姐家，都难得遇见她一回。在自己家中受到骚扰后，凤姐最初的处理办法是把他哄骗到穿堂中冻了一夜；"劝退"失败后凤姐的惩罚措施进一步升级，才安排贾瑞在家学里的两个学生[①]贾蔷、贾蓉现场"捉奸"，并泼了他一身屎尿。此事除了蔷、蓉、平儿等几个"凤家军"，也并没有真的声张给外人知道。凤姐固然是亦正亦邪的存在，但所谓"毒设相思局"，至多只能算是一场捉弄而已。这样的惩罚对于败坏人伦的贾瑞来说，并不算过分。当贾瑞最后一次来找凤姐的时候，作者就明明白白说贾瑞是"自投罗网"，而凤姐的目的只是"令他知改"。[②]脂砚斋则屡屡在旁帮腔说贾瑞是"寻死"[③]"自寻死路"[④]。

　　贾瑞的命案，和尤二姐的命案之间有本质的不同。凤

[①]　贾瑞的爷爷贾代儒在贾府家塾中执教，贾瑞便担任助教的职务。

[②]　《脂砚斋重评石头记庚辰本》第十二回。

[③]　《脂砚斋重评石头记庚辰本》第十二回侧批。

[④]　《脂砚斋重评石头记庚辰本》第十二回眉批。

姐并没有猎杀贾瑞——一路行来，但凡他能有一丝一毫的警醒和反思，是随时可以抽身，绝不至于送命的。

然而即便在贾瑞明白过来凤姐只不过是在把自己当猴儿耍之后，他依然没有觉悟，而是"再想想凤姐的模样儿，又恨不得一时搂在怀内，一夜竟不曾合眼。自此满心想凤姐，只不敢往荣府去了……"①

直到此时，贾瑞仍然深陷情欲的泥沼，连自拔的意志都没有，这便必死无疑了。

凤姐就像那柄风月鉴一样诱人，然而是沉沦进去还是悬崖勒马，难道不是取决于贾瑞自己吗？

从妲己、赵飞燕、《莺莺传》的崔莺莺到李杨恋里的杨玉环，将男人的失败归罪于他身边女人的诱惑力，是最方便、最安全，也最"合时宜"的做法，即便决定权始终掌握在那个男人的手里。

在"毒设相思局"回目的掩护下，《红楼梦》的作者和批书人的真实立场又是一次大大的叛逆。

第二十一回，贾琏和爱妾平儿之间有一场私密的互动：

---

① 《脂砚斋重评石头记庚辰本》第十二回。

贾琏见他娇俏动情，便搂着求欢，被平儿夺手跑了，急的贾琏弯着腰恨道："死促狭小淫妇！一定浪上人的火来，他又跑了。"平儿在窗外笑道："我浪我的，谁叫你动火了？"①

脂砚斋在庚辰本中留下了一条批语："妙极之谈。直是理学工夫，所谓不可正照风月鉴也。"②夫妇之间看似平常的一段床帏戏语，和风月鉴有什么关系呢？居然还被脂砚斋给上升到了"理学"的高度！

我认为脂砚斋这条批语并没有牵强附会。正如我们前文所述，"风月宝鉴"的概念和"正邪两赋"其实是可以完美对应的。这面镜子本身就是"正邪两赋"的——正面是"邪"，是"欲"；反面是"正"，是"理"。镜子就是一个将"欲"和"理"相统一的矛盾体，因此它才有资格代表全书的主旨："情"。

和"正邪两赋"类似，"风月宝鉴"，乍一看是一通

---

① 《脂砚斋重评石头记庚辰本》第二十一回。
② 《脂砚斋重评石头记庚辰本》第二十一回双行夹批。

相当正统、老生常谈的说教：人要用理性去约束自己的欲望，或者说，"存天理，灭人欲"。然而当作者反复强调"不可正照风月鉴"，小说在伦理层面的结论就变得相当颠覆传统了：诱惑和欲望都是客观存在的，责任不在于镜子，而在于那个照镜子的人！

一旦有了这层伦理寓意，"风月宝鉴"的故事便在整本书中有了普适性。

"正邪两赋说"中隐藏的惊世骇俗的结论是：人不应该按照男女、贵贱来区分，而应该按照秉性气质来区分；而"风月宝鉴"中隐藏的惊世骇俗的结论则是："理"的目的应该是约束那些处于社会等级金字塔上层的有选择权的人，而不是像现实中这样，沦为当权者禁锢乃至迫害弱者的又一个借口。

脂砚斋力挺侍妾平儿而暗讽公子贾琏——尽管当平儿说出"我浪我的"，主观上应该只是调皮了一下——验证了这一立场。在"妻以夫为天"的中国古代，类似的立场在文学作品中是鲜能找到的。

"风月宝鉴"这则简单的寓言下面，酝酿着一股颠覆的力量。作者为之翻案的，不只是秦可卿、金钏儿、晴雯、平儿，还有褒姒、妲己、张丽华、杨玉环……历史上那千千万万被"贾代儒"们毁掉的"风月鉴"。

（四）

我们已经讨论了"风月宝鉴"故事的哲学寓意和伦理学寓意，还剩一个问题没解决：从文学阅读的角度，怎样做才是脂砚斋所说的"不要看这书正面"呢？

说起来，《红楼梦》乃至一切文学作品，都或多或少带有"风月宝鉴"的属性。作者想表达的真实思想，也就是他藏在风月鉴中的东西，我们不妨将之称为作品的"本义"（intended meaning）。而读者从中领略到的思想，也就是我们从风月鉴里看到的东西，都是作品的"释义"（interpreted meaning）。德国哲学家、历史学家狄尔泰说过，作品的本义永远是不可知的。且不说作者很可能不会把自己的想法一股脑儿全说出来，就算他言无不尽，他又如何能确保自己的表达是精准无误的呢？就算作者当真做到了精准表达，我们又如何确保自己的理解是精准无误的呢？要知道，我们生活的时代、我们的知识结构和性格志趣，可能和作者本人有天壤之别！因此一切的文学解读——当然包括本书的解读，甚至包括脂砚斋的批语——本质上都属于《红楼梦》的"释义"。

而《红楼梦》的"本义"是尤为难测的。

一方面，小说中可能涉及了一些作者亲历亲闻的，或者其亲友家族真实发生的事件。出于家族荣誉等种种因素的考虑，作者最后不得不换成一些更委婉的说法。譬如我们现在看到的《红楼梦》中，秦可卿是病死的。然而脂砚斋却留下批语，告诉我们书中原本的故事是"秦可卿淫丧天香楼"，而"作者用史笔也"。[①] 在现实生活中，秦可卿的人物原型很可能是因为和公公有染，事情败露之后上吊自杀的。作者最初创作秦可卿的时候"用史笔"，将真实事件还原了出来。后来批书人看到秦可卿死后托梦王熙凤说的那番为家族未来做打算的肺腑之言，深为感动，便"命芹溪删去"她的那段黑历史，于是秦可卿就莫名其妙病死了。我们至

---

① 《脂砚斋重评石头记甲戌本》第十三回回后总评："'秦可卿淫丧天香楼'，作者用史笔也。老朽因有魂托凤姐贾家后事二件，嫡（的）是安富尊荣坐享人能想得到处。其事虽未漏，其言其意则令人悲切感服，姑赦之，因命芹溪删去。"《脂砚斋重评石头记庚辰本》第十三回回后则有大字朱批："通回将可卿如何死故隐去，是大发慈悲心也，叹叹！壬午春。"

今仍可以在判词和文本缝隙中找到可卿通奸和上吊的诸多遗迹，佐证了脂批的说法。

另一方面，小说这种文学体裁很有意思，作者如果太"老实"，就显得呆了。真正的高手，无论是故事的讲述，还是作者自己的立场，一定是如云龙化雨般变幻莫测。曹雪芹写《红楼梦》，一定不会像司马光写《资治通鉴》一样，一回一个"臣光曰"，把自己的看法老老实实"上奏"给读者听。脂砚斋就总说作者"狡猾"，还提醒读者千万别被他给骗了。

此外还有一点：在中国的文化传统中，有些话是不允许直说的。譬如对于代表正统立场的人物不好做过露的批评；对于主角的父母，也不好做过露的批评——如果这个主角身上可能还有作者自己的影子，情况就更加微妙了。诚如王昆仑先生所说，《西厢记》对于老夫人的不满、《三国演义》对于刘备侧面的描绘、《水浒传》对于宋江心理的分析，都是作者于一种很艰难的写作处境之中对相关人物进行的精微的挖掘和表达。作家们不可能对这些角色采取敌视的立场，甚至很少暴露自己的态度。

由于以上种种原因，《红楼梦》里面是布满了陷阱、充斥着假话的。如果你信了，那就如脂砚斋所说，"被作者瞒过"①了。

当初贾瑞去到凤姐房内找凤姐，凤姐虽然心生厌恶，却假意奉承他道："像你这样的人能有几个呢，十个里也挑不出一个来。"②

贾瑞听到后喜不自胜，脂批却在提醒读者："勿作正面看为幸"③"反文着眼"④……

脂批把《红楼梦》比作"风月宝鉴"，又把贾瑞该如何理解凤姐的话比作读者读《红楼梦》这部小说的方式。可见批书人所说的"正面""反文"，含义本来很朴素：表面上说的是假话，要反过来理解。

---

① 《脂砚斋重评石头记甲戌本》第五回眉批："几乎又被作者瞒过。"侧批："只不要被作者瞒过。""若真以为然，则又被作者瞒过。"第二十五回侧批："看官勿被作者瞒过。"等等。

② 《脂砚斋重评石头记庚辰本》第十二回。

③ 《脂砚斋重评石头记庚辰本》第十二回眉批，落款"畸笏"。并非所有脂批都有落款，因此大多数批语究竟是出自脂砚斋、畸笏叟或其他批书人实难确知。关于脂砚斋与畸笏叟是否是同一人，红学界也始终存在争议。为简化起见，笔者用"脂砚斋"指代和作者有生活交集的第一批读者，用"脂批"指代他们留下的批语。

④ 《脂砚斋重评石头记庚辰本》第十二回侧批。

试想如果作者也像凤姐一样狡猾，有多少读者要被他哄骗了去呢？

还是拿秦可卿来举例。

秦可卿所在的宁国府是贾府的长房。她的公公贾珍虽然辈分不高，却是贾府的族长和事实上的当家人——关起门来，能够约束他的只有"道德"。在宁国府的宗法国度里，贾珍无论做什么事都是合理的，何况是对几个女人。书里说贾珍、贾蓉父子俩和家中女眷"素有聚麀之诮"①，也就是说，这对父子一向是很喜欢在女人这档子事上实现"共享经济"的。很快我们就会看到，秦可卿只不过是贾珍父子聚麀的众多牺牲品之一罢了。后面二尤的故事，很大程度上是秦可卿悲剧的重演。

书中却用这样的话批评秦可卿："擅风情，秉月貌，便是败家的根本。"②

话说得很重，堂堂国公府竟然是被一个无论出身、性别还是辈分都被绝对碾压的女人给"败掉"的；而只手遮天、胡作非为的实权派们，反倒半点责任也没有？这可不

---

① 《脂砚斋重评石头记庚辰本》第六十四回。
② 《脂砚斋重评石头记庚辰本》第五回秦可卿曲《好事终》。

成了那个不仅不懂得"反照风月鉴",反而喜欢烧毁风月鉴的贾代儒了?这种"祸水论"是传统社会风俗下的常规,恐怕也是作者放在小说正面给我们看的假话。我们如果以假为真,那就如脂砚斋所说,被作者"瞒过"了。

这部书和"风月宝鉴"一样,一定要看反面。然而小说的正反面和"风月宝鉴"的正反面,并不能机械对应。

和肉体与情欲崇拜之风盛行的明末相比,盛清可以说是一个崇礼而禁欲的时代。反映在文学气质上,《红楼梦》是几乎不屑于去描写《金瓶梅》里面那个肉欲横流的成人世界的。作者在开篇第一回更是开门见山地对某种"淫秽污臭""坏人子弟"的"风月笔墨"[①],也就是情色小说嗤之以鼻。所以我的观点和王国维先生的有些不同。"欲",也就是人性中躁动着和叛逆着的部分,至少并没有被放在《红楼梦》正面最显眼的位置上。

在我看来,《红楼梦》的结构在"风月宝鉴"的基础之上,已经翻转过一次。

这本小说的正面,大致是一个符合正统的、能令当时

---

① 《脂砚斋重评石头记甲戌本》第一回。

的普通读者觉得理所当然的立场。只有当你细细体会，才会发现事情并不像看起来那么简单。正如脂砚斋所说："凡看书人从此细心体贴，方许你看，否则此书哭矣。"[1]

（五）

圣人提出"君君臣臣父父子子"，提倡的本来是一种社会契约，但在现实中有谁能真正约束到当权者呢？双向制衡的契约很容易沦为单向统治的工具：君主做什么都会被容许，做臣子的只能默默接受，不能含怨；丈夫做什么都会被容许，做妻子的也只能默默接受，不能含怨。而且一旦坏了事，总是弱小的、被动的那一方承担更多的骂名，也总是弱小的、被动的那一方承受更大的伤害。秦可卿受此害，金钏儿、晴雯亦受此害。

当理学家提出"存天理，灭人欲"时，初衷或许是自省修身；但当它被社会奉为信条之后，统治者和父系的权力被加强，女性的命运就更不可能由自己主宰了。

对于"仁"、对于"理"的"正统"，作者是敬重的。

---

[1]《脂砚斋重评石头记庚辰本》第十二回双行夹批。

然而，对于"理"统治社会之后的现实结果，他无疑是在反思的：为了社会而牺牲一部分人、为了整体而埋没个体、为了位高者而抹杀卑微者，这真的合理吗？

所以，《红楼梦》的主角多是"正邪两赋"的"非主流"的人；它赋予最多同情的角色，恰是那些被牺牲、被埋没和被抹杀的角色。

脂砚斋说："观者万不可被作者瞒弊了去，方是巨眼。"①

"巨眼"是什么意思？能看出被凡眼、俗眼习惯性忽略的东西，才能被称作"巨眼"。

如果我们能够看穿小说表面那些应景的假话，看到表面上的云淡风轻背后的"字字看来皆是血"②，也许才算得上是没有枉费作者的一片苦心吧。

---

① 《脂砚斋重评石头记甲戌本》第一回眉批。
② 《脂砚斋重评石头记甲戌本·凡例》诗曰："字字看来皆是血，十年辛苦不寻常。"

补天遗石

（一）

前面说到"正邪两赋"和"风月宝鉴"的设计是相互照应的："正"是由"理"驱动的，代表的是儒家正统，对应"风月宝鉴"的背面；"邪"是由"欲"驱动的，代表正统伦理的破坏者，对应"风月宝鉴"的正面；"正邪两赋"则是"情"，是那柄将"理"与"欲"合二为一的风月鉴。

其实小说开篇女娲补天的神话，也是这套宇宙观的一部分：

原来女娲氏炼石补天之时，于大荒山无稽崖炼成高经十二丈、方经二十四丈顽石三万六千五百零一块。

娲皇氏只用了三万六千五百块，只单单剩了一块未用，便弃在此山青埂峰下。谁知此石自经煅炼之后，灵性已通，因见众石俱得补天，独自己无材不堪入选，遂自怨自叹，日夜悲号惭愧。[①]

等这块大石头到人间游历了一遭，回到青埂峰时，周身已经刻满了《红楼梦》的故事，还附了这样的一首偈子：

> 无材可去补苍天， 枉入红尘若许年。
> 此系身前身后事， 倩谁记去作奇传？[②]

大石头是《红楼梦》故事的引子，也相当于"正邪两赋"的一次预演——女娲补天，本就是"正"与"邪"之间碰撞的结果。

女娲为什么炼石补天？是因为上古恶神共工触断世界支柱不周山，导致天塌地陷、民不聊生。炼石补天的目的，

---

① 《脂砚斋重评石头记庚辰本》第一回。
② 同上。

就是要修复被毁坏的世界。

这便是最早的关于破坏和建设的故事。

共工在雨村列举的秉天地"邪气"而来的"大恶"之中名列前茅——他是世界失序的始作俑者。那谁才是有补天之材的三万六千五百块大石头呢？自然是那些秉承天地"正气"而来的"仁人君子"了。

还是那句话：中国思想的正统，是要改造和安排世界秩序的。

那么那块无材补天，被女娲弃在青埂峰下的大石头，又是谁呢？正是小说所格外关注的"正邪两赋"的、无法被纳入正统体系中的那一类"闲人"。他们虽然才智过人，但似乎总不肯用在正经地方。譬如那个蜀门的秦观，于政治上毫无建树，却很肯下功夫写浓词艳曲讨妓女欢心。在正统看来，这种人无疑是在白白浪费上天赋予他们的才华，这简直是一种犯罪！

（二）

《红楼梦》是一部相当有哲学深度的书。人生当追求一番怎样的事业？人生的意义究竟是什么？人应该如何面对死亡？……这些都是书中很重要的课题。

儒家对这些问题给出的答案是：立德、立功、立言。维护世界秩序的补天事业，便是最大、最成功的事业；成为一块补天石，便实现了不朽。

然而，这套解决方案的门槛似乎有点儿高，对于普通人来说距离过于遥远，而女性则几乎是被排除在外了。

也就难怪宝玉要诉诸《南华经》、诉诸禅宗偈子去探求生存的意义，而黛玉则会在葬花的时候追问天地间是否存在一方可以埋葬自己的"香丘"。人总是需要一个精神锚点的，而儒家的终极真理，显然并不足以成为宝玉与黛玉的精神锚点。

假设宝玉后来真的悟道出家，在佛法中寻找到了终极真理，这是否就是作者本人认为圆满的出路呢？恐怕也不尽然。《红楼梦》不是一部自传，宝玉当然不能和作者本人画等号。如果宝玉是从作者人格中抽离出来的一部分，那么他对宝玉的"槽点"，恐怕就是自己一生最大的自责之处。

无故寻愁觅恨，有时似傻如狂。纵然生得好皮囊，腹内原来草莽。潦倒不通世务，愚顽怕读文章。行为偏僻性乖张，那管世人诽谤！

　　富贵不知乐业，贫穷难耐凄凉。可怜辜负好韶光，于国于家无望。天下无能第一，古今不肖无双。寄言纨袴与膏粱：莫效此儿形状！①

　　宝玉出场时候的这两首《西江月》，通篇都在批评宝玉不思进取、不识时务、对社会毫无贡献……总之一无是处。这当然是作者放在这部书正面的官样的"假话"——他如果当真认为宝玉如此这般一无是处，又何必围绕他写出这么一大部书来？然而这里讽刺宝玉"无能""不肖"，和开篇的时候哀叹大石头"无材可去补苍天"又是一致的，隐隐透出作者内心深处最真实的愧悔。熟悉作者本人的脂砚斋就曾经在石头的那首偈子旁批道"惭愧之言，呜咽如闻"，而在"无材可去补苍天"这句诗旁点明"书之本旨"。②

　　作者在一开篇的《凡例》中也曾这样解释自己的创作

① 《脂砚斋重评石头记庚辰本》第三回。
② 《脂砚斋重评石头记甲戌本》第一回侧批。

意图：

> 今风尘碌碌，一事无成，忽念及当日所有之女子，一一细推了去，觉其行止见识，皆出于我之上。何堂堂之须眉，诚不若彼一干裙钗？实愧则有余、悔则无益之大无可奈何之日也。当此时，则自欲将已往所赖，上赖天恩，下承祖德，锦衣纨袴之时，饫甘餍美之日，背父母教育之恩，负师兄规训之德，已致今日一事无成、半生潦倒之罪，编述一记，以告普天下人。虽我之罪固不能免，然闺阁中本自历历有人，万不可因我不肖，则一并使其泯灭也。[①]

短短一段开场白之中，"一事无成"一词竟然出现了两次！作者写这部小说，一半是为了"风尘怀闺秀"，记录闺友闺情；另一半则是为了谢自己一生碌碌无为之罪。

[①] 《脂砚斋重评石头记甲戌本·凡例》。在《脂砚斋重评石头记庚辰本》中，这段话被归入第一回正文，文字略有差异。

若"石头"是作者之自喻，那么作者绝非一个隐沦枯槁之人。否则，能逃过补天之役，可以留在青埂峰下逍遥快活、自在修炼，岂不是美事一桩？然而我们的补天遗石，却并不能对这随心所欲的生活安之若素，反而要"自怨自叹，日夜悲号惭愧"。

即使是被正统斥为不尊儒家的苏东坡，在他看似豁达的绝笔诗中依旧响动着自嘲的哀音：

心似已灰之木，身如不系之舟。

问汝平生功业，黄州惠州儋州。

诙谐得恰到好处，让人不禁莞尔，泪水却不知不觉从眼角滚落下来。大好开局却遭遇一贬再贬，平生功业付诸东流。中国古代的读书人，有几个能完全免受儒家的影响呢？豪放如东坡，也放不下"功业"之念；超然如东坡，内心仍然渴望做一块"补天石"。如果他能看到几百年后曹公那"无材补天""枉入红尘"的自嘲偈，或许会觉得他说的也是自己的心里话。

一方面不愿意牺牲自己的自由和尊严，不愿意委曲求全、上下逢迎；另一方面又为自己不能在那条世俗的成功道路上走得更远、担负更多社会责任而感到羞愧，这真是古代知识分子中一种典型的矛盾心态。而作者的这种矛盾，当然也会体现在小说当中。

淡泊名利的甄士隐不善经营，让人骗得连立足之地也没有了，作者给他取名谐音"真废"①；利欲熏心的贾雨村完全背弃了自己的操守，也只换得一时的显赫；中规中矩的贾政压抑了自己的天性，走一条正统的道路，然而终其一生又有何建树？没有一个人弥合了理想与现实之间的距离，也没有一个人在自我与社会之间找到了一条调和的道路。

（三）

宝玉是个缺乏危机意识的人，对自己的人生毫无计划。他整天虚度光阴，"十分闲消日月"，"每每甘心为诸丫

---

① 《脂砚斋重评石头记甲戌本》第一回："（甄士隐）姓甄，名费，字士隐。""甄"字旁有眉批"真。后之甄宝玉亦借此音"；"费"字旁有侧批"废"。

餮充役"①，却不愿意和为官做宰的权贵们来往。他对科举仕途不仅毫无雄心，甚至可以说恨之入骨。他还觉得冰清玉洁的女孩子们一旦萌生出叫人攀爬仕途的想法，就算是被污染了。

有一次，他因行为不轨被父亲打得皮开肉绽。宝钗来看他，露出悲感怜惜、娇羞忘情之态，竟令他陶醉不已：

> 假若我一时竟遭殃横死，他们还不知是何等悲感呢！既是他们这样，我便一时死了，得他们如此，一生事业纵然尽付东流，亦无足叹息……②

为了一点人间温情，宝玉觉得自己的性命乃至"一生事业"都不足为惜，是可以尽情一抛的。

然而，宝玉轻易放弃了的"一生事业"，作者却有个痴念——希望书中的女子能够拥有它。

之前我们说到作者在《凡例》中自述的创作动机，有

---

① 《脂砚斋重评石头记庚辰本》第三十六回。
② 《脂砚斋重评石头记庚辰本》第三十四回。

一半是为了女子：

> 忽念及当日所有之女子，一一细推了去，觉其行止见识，皆出于我之上。何堂堂之须眉，诚不若彼一干裙钗……虽我之罪固不能免，然闺阁中本自历历有人，万不可因我不肖，则一并使其泯灭也。[①]

作者一番心意，不可不谓痴矣：自己堂堂须眉一事无成倒不可惜，反而是闺阁中那些出众的女子，是不该被历史遗忘的。

探春替王夫人代理务的时候，曾经透露过自己对建功立业的渴望："我但凡是个男人，可以出得去，我必早走了，立一番事业，那时自有我一番道理。偏我是女孩儿家，一句多话也没有我乱说的。"[②]

探春既有志向也有能力，只恨自己拘于女子的身份无从施展。探春这番用世之心，对她那个方外避世的亲哥哥

---

① 《脂砚斋重评石头记甲戌本·凡例》。
② 《脂砚斋重评石头记庚辰本》第五十五回。

宝玉来说无疑是具有某种讽刺意义的。

后来晴雯死的时候，一个小丫头为了哄宝玉开心，骗他说晴雯去天上做了管芙蓉花的花神。宝玉听了，竟然是"去悲而生喜"，指着芙蓉花说："我就料定他那样的人必有一番事业做的。"①

可见就连痴人宝玉，也意识到做一番事业是晴雯的人生价值所在。只不过他所在意的事业，并不是世俗所认可的事业，也不是旁人指望他做的事业罢了。

宝玉这样的人，在盛清社会崇儒重道的复古风潮中无疑是个异类。但在"圣远言湮"的那一千年里，在理学真正占领全国人民的意识主流之前，这种态度其实颇为普遍：在深受佛学浸染的文士眼中，治国平天下也是令人鄙薄的俗事，科举则更是俗不可耐。就连作为"大仁之人"的程颢本尊也曾经说过："虽尧、舜之事，亦只是如太虚中一点浮云过目。"程颢的这点暧昧态度给程门留下了隐患：二程的弟子们，后来几乎全部"叛变"到了禅门下。到了南宋，朱熹痛定思痛，将此类有禅学倾向的说法砍了个精光。

---

① 《脂砚斋重评石头记庚辰本》第七十八回。

然而如果仕途经济算"俗"，究竟又能有什么"雅"的事业可以让宝玉去做呢？如果尧、舜之事也是一点浮云，那究竟又有何种事业可以如太虚般永世长存？

宝玉没有找到。他出了家。

宝玉并非作者，宝玉的选择也并非作者的选择。现实中的作者，如他朋友所形容，选择了躲进小楼，"著书黄叶村"①。

在当时的社会，但凡现实中混得风生水起的人物，谁有工夫写书？何况还是写一部被世人视作"暇豫之末造"，难登大雅之堂的小说。古人写书，通常称作"退而著书"：只有在百般碰壁之后，于人生之大困顿之际，才有大把的时间把自己的才华和思想装进书本里——幸运的话，有朝一日有人会发现它的价值。

这，或许就是作者为自己找到的那个在当时看来机会渺茫的成就点吧。

如果探春、晴雯值得拥有一番事业，那以黛玉之才、

---

① 爱新觉罗·敦诚《寄怀曹雪芹》诗云："残羹冷炙有德色，不如著书黄叶村。"

宝钗之德，不是更应该拥有自己的事业吗？作者应该是思考过这个问题的，并给我们留下了两句判词："玉带林中挂，金簪雪里埋。"[1]

玉带本是佩于腰间的，却被挂在了枯木之上；金簪本应该戴在头上，却被深埋在了雪地之下。黛玉的超逸之才终究是无法落实的，而宝钗的自抑之德又限制了她向上发展的空间。正如脂砚斋所说，两人皆是"非生其地"[2]。

我们不妨在脑海中想象一下作者为林、薛二人构思的这幅图画：两人一上一下遥遥相望，中间本应生机勃勃的属于生活的部分却归于寂灭。即使是两个金玉般出类拔萃的人物，在那样的时代，仍逃不过被泯灭的命运。

"三春事业付东风，明月梅花一梦。"[3]从前八十回看，作者真正替她安排了一项"事业"去做的，却是一个小小的"配角"：尤三姐。

三姐死后，手捧一卷册子出现在了柳湘莲面前，对他说："妾今奉警幻之命，前往太虚幻境修注案中所有一干

---

① 《脂砚斋重评石头记甲戌本》第五回黛玉、宝钗判词。
② 《脂砚斋重评石头记甲戌本》第五回黛玉、宝钗判词旁朱批。
③ 《脂砚斋重评石头记庚辰本》第七十回薛宝琴《西江月》。

情鬼……"①

　　尤三姐生前未见拿过纸笔，死后却被作者派去修注其他所有人，包括宝玉、宝钗和黛玉！其实修注警幻案下的所有一干情鬼，这不正是曹公自己正在做的工作吗？尤三姐，便相当于是作者的化身了。

　　大概作者心中也不确定，究竟有怎样的事业可以交给这些美丽而智慧的生命去完成。那么，将作者自己在现实中寻找到的算不得出路的"出路"放到"太虚幻境"中，作为尤三姐实现自我价值的方式，便足以见得他对这个人物的偏爱了吧。

---

① 《脂砚斋重评石头记庚辰本》第六十六回。

第二部分

被误读了三百年的女子

"正邪两赋"的尤三姐，从被创作出来的那一刻起，就注定是一个充满争议的人物。

　　三百年来，我们的伦理观念似乎进步了不少，但对于尤三姐，我们反而越来越难以理解了。这样一个复杂的人物很容易让我们产生认知失调：我们一方面爱慕她的美丽聪慧、敢爱敢恨，另一方面又难以接受她骄奢淫逸的私生活。一旦产生这种矛盾，亿万年来进化出的本能会让我们遵循一个简化的原则：如果我们更讨厌她的浪荡，那就干脆贬低她的性情和智慧——只要能证明尤三姐是个有勇无谋的大草包、一只陷于聚麀之乱的小破鞋，那么吃亏的自然就是柳湘莲；而如果我们更爱慕她的美丽和智慧，那就得美化她的私生活，把她塑造成一个守身如玉的烈女子。

　　通行本《红楼梦》的续写者，显然隶属后一阵营。

　　然而，原作者究竟是怎么看待尤三姐的呢？作为生活在文明时代的读者，我们又应该如何看待尤三姐呢？

一个被作者偏爱的角色

（一）

尤二姐和尤三姐是宁国府贾珍继室尤氏的两个异父异母的妹妹，我们有时把她们叫作"尤氏双艳"或者"二尤"。她们在全书进入后半程，贾珍的父亲贾敬去世后才姗姗来迟地登上贾府舞台[①]，却又在几个回目之内双双殒命。

说来很奇怪，她们并不属于"金陵十二钗"正主，论起身份不过是外围人物，出场时间还那么短，但她们在书中的位置无可替代。

从剧情的角度看，这两个出身寒门、力量微弱的女性，

[①] 以脂批透露的《红楼梦》原著（含佚文）共一百一十回为准，二尤登场于第六十三回。

实则牵动着宝玉、黛玉、凤姐等核心角色的命运。

从创作的角度看，自从第六十三回回末二尤一登场，作者就放弃了全书全盘推进式的叙事结构，在接下来的整整六回之内，将一众主角几乎全部束之高阁，而是紧锣密鼓地讲述这两个小小配角的故事。譬如贾敬去世，受影响最大的金钗本应是他的亲女儿惜春；然而惜春对父亲的死作何反应，又是如何回宁府守孝，作者竟然只字未提，好像将这个正钗忘得一干二净！这就造成了一种神奇的后果——在大观园三年①百事频发、非常拥挤的时间线上，整个第二年的下半年，所有故事几乎只围绕着二尤这两个旁支异姓的女人展开。姐妹俩的死亡也为后半部的大悲剧拉开了序幕：贾府的经济条件、内部风气和外部环境全都在七十回后急转直下，群钗如暮春的花瓣般纷纷零落。

从读者的角度看，二尤是让人看一眼就无法忘却的角色。她们那样美丽，又那样多情；那样使人怜爱，又那样令人费解——我们能够从情感和美学的角度接受她们，却

① 从第二十三回到第八十回，作者写宝玉在大观园中生活了三年。"三春"既是说贾府三艳，可能也指代这三年的时光。可参考附录"大观园'三春'时间线"。

又很难把她们容纳到我们的道德体系中来，因而往往不知道该用怎样的态度来对待她们才是"正确"的！

不要着急。二尤的故事我们会在本书的第三部分详细回顾，现在我们先简单梳理一下《红楼梦》一书的作者对于"尤氏双艳"，尤其是尤三姐，究竟持怎样的态度。

（二）

《红楼梦》中有神仙世界，但既不是《西游记》中的玉皇大帝、如来佛祖，也不是《聊斋志异》中的阎罗地府，而是一个叫"太虚幻境"的地方。

"太虚"，指的本是空寂玄奥之境。《庄子·知北游》有云："是以不过乎昆仑，不游乎太虚。"理学家张载说："太虚无形，气之本体。"太虚就是宇宙本原，是阴阳一气、有无一体。另一个理学大家程颢则说："虽尧、舜之事，亦只是如太虚中一点浮云过目。"那么和瞬息万变的红尘相对，"太虚"代表的就是永恒不灭的东西。有意思的是，《红楼梦》给玄之又玄的"太虚"之境赋予了一个特别"接地气"的职能：让它掌管人间的"风情月债""女怨男痴"。其最高统帅是仙女"警幻仙姑"。

警幻仙姑一手掌握着《红楼梦》的"剧本"——小说中所有女子的命运,一手掌管着太虚幻境的人事法则。作为桃花源般的世外仙境,太虚幻境的法则在作者的心目中应当比现实的社会法则更合理、更恒久。

《红楼梦》中以宝玉、黛玉为首的一干痴男怨女,都是为了了却前世的种种纠葛,从警幻仙子案下投胎到人间的。尤氏姐妹就是这个群体中的两员。

三姐有一次托梦给姐姐,捧着鸳鸯剑对她说:"你依我将此剑斩了那妒妇,一同归至警幻案下,听其发落。"[1]

话说得明明白白,二尤是从警幻案下而来,死后回太虚幻境,仍旧归警幻管辖。尤氏姐妹,应该登记在"金陵十二钗册籍"的"副册"当中,和香菱、邢岫烟、薛宝琴等同册[2]而录。

其实此前尤三姐已经有过一次托梦。那时三姐刚刚自刎,湘莲后悔不及,于恍惚间见到了三姐:

---

[1]《脂砚斋重评石头记庚辰本》第六十九回。

[2]《脂砚斋重评石头记庚辰本》第十七回至十八回墨批:"后宝琴、岫烟、李纹、李绮,皆陪客也,《红楼梦》中所谓副十二钗是也……"

忽听环佩叮当，尤三姐从外而入，一手捧着鸳鸯剑，一手捧着一卷册子，向柳湘莲泣道："妾痴情待君五年矣，不期君果冷心冷面，妾以死报此痴情。妾今奉警幻之命，前往太虚幻境修注案中所有一干情鬼。妾不忍一别，故来一会，从此再不能相见矣。"[①]

尤三姐说自己奉了警幻仙子之命，要前往太虚幻境"修注案中所有一干情鬼"！这个细节乍看之下实在令人匪夷所思。

"所有一干情鬼"，显然不仅包括地位卑下的丫鬟，也包括金尊玉贵的小姐；不仅包括女性，还包括男人——尤三姐的职权范围可以说是相当大了。尤三姐这样一个成长于市井的女子，连识不识字都要打一个问号，又如何去修注其他人呢？

这安排看似无理，实则有理。

要做好修注他人这份工作，文笔还在其次，关键是有头脑、能识人，而且三观一定得端正！

---

① 《脂砚斋重评石头记庚辰本》第六十六回。

修注"石头记"一案所有情鬼，可不就是《石头记》作者本人在书中的一个影子？可见三姐在某些方面，一定是能够代表作者的立场和意志的。

（三）

尤三姐也是书中唯一有过两次托梦的角色。

十二钗"又副册"榜首，亦即丫鬟军团中排名第一的晴雯，死后托梦不过轻描淡写地向宝玉说了一句："你们好生过罢，我从此就别过了。"①

十二钗正钗之一，被警幻仙子以"吾妹"相称的秦可卿，也只有过一次托梦的机会。她虽然向凤姐剧透和建议了贾府的些许后事，却并没有提到警幻仙子，也没有透露自己回太虚幻境之后的人事安排这类机密大事。

尤三姐死后不仅有两次分量十足的返场，而且反复提到太虚幻境和警幻仙子。其实这两处情节根本不需要靠提警幻仙姑的大名来推进。作者应该是在用心良苦地提示我们：匆匆谢幕的三姐，在"红楼宇宙"中占据着极其重要

① 《脂砚斋重评石头记庚辰本》第七十七回。

的地位。

（四）

《红楼梦》中有一个有意思的现象：宝钗和黛玉虽同为女主角,宝钗的长相似乎独一无二,却偏偏有好几个人"撞脸"黛玉,即使这会让黛玉本人很不开心。

作者让这些人物像林黛玉,应该不是白写的。

比如作者曾经借王夫人之口说晴雯"眉眼又有些像你林妹妹的"①,脂砚斋就替他作注："晴有林风,袭乃钗副。"②作者在宝玉身边安排了作风像黛玉的晴雯和行事类宝钗的袭人,就在另一个社会层面补充了对钗、黛这两类人的刻画。

又如作者多次提到贾府戏班子里的小旦龄官长得像黛玉。事实证明龄官和黛玉也绝不仅是外貌相似。龄官后来和贾蔷之间上演了一场感情戏,戏中的她简直就是林黛玉的翻版：不仅多情敏感的性格酷似黛玉,就连病症也如出一辙！这让在一旁围观的宝玉突然悟到了"人生情缘,各

---

① 《脂砚斋重评石头记庚辰本》第七十四回。
② 《脂砚斋重评石头记甲戌本》第八回夹批。

有分定"①的道理，明白了自己根本不是宇宙的中心，从此不再奢求自己分外的人和事。

而尤三姐，正是另一个"特犯"黛玉之人。

贾琏的小厮兴儿和尤氏姐妹闲聊荣国府中的姑娘们，提到黛玉的时候就特意比了一句："面庞身段和三姨不差什么。"②不光是脸蛋，三姐就连身材都很像黛玉。

晴雯和龄官之像黛玉，大多数读者都是重视的，而三姐之像黛玉，却往往被忽视掉了。其实如果我们静下心来细看属于二尤的那几回文字，三姐和黛玉之间的映照关系是明明白白的。

《红楼梦》第六十四回到六十九回几乎全部是围绕二尤展开的，中间却夹杂了半回的黛玉文字③——第六十四回的"幽淑女悲题五美吟"。

---

① 《脂砚斋重评石头记庚辰本》第三十六回。
② 《脂砚斋重评石头记庚辰本》第六十五回。
③ 《脂砚斋重评石头记庚辰本》第六十四回、六十七回疑似后补。周汝昌先生等红学前辈普遍认为，第六十四回接近原笔，而第六十七回则明显与原著差距较大。第六十七回除了写三姐死后尤二姐的故事，也插了半回黛玉文字——"见土仪颦卿思故里"。周汇本汇校了第六十四回，而放弃汇校第六十七回，仅用蒙府本第六十七回补全。

《五美吟》是黛玉创作的组诗，吟咏了历史上五位身世曲折的奇女子：春秋西施、秦末虞姬、汉代王昭君、晋朝绿珠和初唐红拂女。

　　这五首诗的意义历来让红学家头疼。一些人认为黛玉是在借这五位女子咏叹自己的身世，但是黛玉千金小姐的身份毕竟和这些出身寒微的女子有着天壤之别。那作者会不会是借黛玉之口咏叹书中的五位其他角色呢？然而放眼全书，我们也找不出五位处境和西施、虞姬等有可比性的女子。因此从来没有人对《五美吟》的创作目的给出过一个圆满的解释。

　　这仍是读者忽视了黛玉和三姐之间对照性的缘故——黛玉的这五首诗，其实是在反反复复吟咏尤三姐一个人！

　　黛玉的《五美吟》并不是单纯在寄兴咏怀，她写诗的同时还有一系列焚香祭奠的动作，明显是在悼亡。脂砚斋说过，宝玉的《芙蓉女儿诔》表面上是悼念死去的晴雯，其实是提前祭奠和晴雯相对照的将死的黛玉。而黛玉的《五美吟》被作者强调写于七月。七月，正好是她的另一个"影子人物"——尤三姐将死的时间。

　　三姐和黛玉之间如何对照，以及这五位女子与尤三姐之间又有何种关联，我们会放在本书第四部分详细展开。

（五）

关于三姐还有一个有趣的现象，那就是书中人屡屡提起三姐和宝玉成婚的可能性。先是贾琏猜测三姐的意中人是宝玉，连二姐和尤老娘都深以为然。后来二姐还当着兴儿的面，开玩笑说要把三姐嫁给宝玉。兴儿便评论道：

> （三姐和宝玉）若论模样儿行事为人，倒是一对好的。只是他（宝玉）已有了，只未露形。将来准是林姑娘定了的。因林姑娘多病，二则都还小，故尚未及此。再过三二年，老太太便一开言，那是再无不准的了。①

要不是因为宝玉已经有了林妹妹，三姐和宝玉在旁人眼里无论是长相还是为人，竟然都很般配！

一个雷厉风行、敢爱敢恨的女人和一个"蝎蝎螫螫老

---

① 《脂砚斋重评石头记庚辰本》第六十六回。

婆汉像"①的男人，怎么看都不像一路的，为什么作者却要多次强行让读者把他们联想到一起？

三姐能"识"宝玉，从短暂接触中的两件小事看出来宝玉人品的难得之处，她的叛逆想法更是和宝玉遥相呼应。宝玉说男人是"须眉浊物"②，"女儿"二字才是最尊贵的；三姐则说贾珍、贾琏这些贵公子不过是"现世宝"，而自己姐妹才是"金玉一般的人"③。这种在当时算是颠倒乾坤、大逆不道的"胡言乱语"，敢想敢说的，全书就只有宝玉和三姐二人。

从某种意义上说，尤三姐是宝玉最大的"知音"。只不过和喜欢逃遁的宝玉不同的是，三姐是一位真正的战士，她具有一种永不妥协的品质。

（六）

作者本人对三姐也不吝溢美之词。

三姐自刎的时候，作者写了这样一段话：

---

① 《脂砚斋重评石头记庚辰本》第五十一回晴雯语。

② 《脂砚斋重评石头记庚辰本》第三十六回。

③ 《脂砚斋重评石头记庚辰本》第六十五回。

可怜"揉碎桃花红满地，玉山倾倒再难扶"。芳灵蕙性，渺渺冥冥，不知那边去了。①

"芳"指芬芳，"蕙"乃兰草。自屈原以来，香草被我们的文化赋予了深厚的寓意，象征着高洁的品质。作者故意用这样的字眼去形容三姐这个"淫奔不才"②的"失足"少女的"灵"和"性"，十分耐人寻味——一字寓褒贬，作者已经为三姐正名。

而"玉山"两字，原本是山涛用来形容嵇康酒醉后的姿态的。《世说新语》记载："嵇叔夜之为人也，岩岩若孤松之独立，其醉也，傀俄若玉山之将崩。"用"玉山倾倒"形容三姐之死，作者应当不仅是在赞美三姐拥有嵇康一样姣好的身材和容颜，更是暗喻她具备嵇康那样绝世而独立的人格。

我们目睹过作者笔下的十数回死亡，可有别人得到过这般盛赞，被写得这样美？且看仅仅几回之后，尤二姐吞

---

① 《脂砚斋重评石头记庚辰本》第六十六回。
② 《脂砚斋重评石头记庚辰本》第六十九回尤三姐自述。

金自逝，作者也只几乎不带感情地淡描了一笔："面色如生，比活着还美貌。"①

只说她美——没有"蕙性"，更没有"玉山"。

我们再拿十二钗正册中的一位小姐迎春来做对比。迎春之判词仙曲，将她的死亡描述为"金闺花柳质"②"芳魂艳魄，一载荡悠悠"③——这些都是形容美女的常规用语。两相对照，作者对于用字拿捏的精微程度令人赞叹："芳灵蕙性"与"芳魂艳魄"，不过二三字之差，造境则大不相同。尤三姐这个不独将二姐压倒，且绰约风流冠绝全书的大美人④，作者却绝口不将美列作她最大的优点。

面对自己亲笔创作出的一众"孩子"，作者又何尝不是一个偏心的老父亲呢？

三姐的故事虽然短小，却是《红楼梦》中无比壮美的一页篇章。从结构上看，这个故事似乎是相对独立的，但

---

① 《脂砚斋重评石头记庚辰本》第六十九回。
② 《脂砚斋重评石头记庚辰本》第五回迎春判词。
③ 《脂砚斋重评石头记庚辰本》第五回迎春曲《喜冤家》。
④ 《脂砚斋重评石头记庚辰本》第六十五回："（三姐）不独将他二姊压倒，据珍、琏评去，所见过的上下贵贱若干女子，皆未有此绰约风流者。"

是从精神上看，她和宝、黛二人是相贯通的，她的悲剧直扣红楼梦的主题内核。

遗憾的是，我们对三姐的研究太少、误解太多。

接下来，我将带领大家一步步抽丝剥茧，重新认识尤三姐这个人物。

尤三姐，淫妇还是烈女?

（一）

每当我一说起尤三姐，总会有听众凑过来，神秘兮兮地小声问道："你说，尤三姐究竟有没有'失足'？"

"失足"与否，不仅是柳湘莲、凤姐等一干书中人物对三姐最大的关注点，似乎也成了几百年来读者对三姐最大的关注点。读者因而自动分成了两个阵营：一派认为三姐就是一个淫浪的荡妇，另一派则坚称三姐其实是一个守身如玉的"烈女子"。

要么作为荡妇被羞辱，要么作为圣女被歌颂，否则，我们要如何为三姐这独特的存在安放一个意义呢？于是在以上两派之间首鼠两端的读者朋友往往陷入最深的困惑之中：作者创作尤三姐这样一个人物，究竟是想表达些什么？

尤三姐这个人物被作者写得太超前了。这种超前让她足足寂寞了三百年。

（二）

在《脂砚斋重评石头记》原作中，三姐显然算不得一个贞洁女子。

早在二尤还住在宁国府时，作者就曾对她们做过多次暧昧的暗示。等到贾琏偷娶了尤二姐，将两姐妹安置在小花枝巷的"金屋"之中以后，三姐的恣情放浪被写得愈加暴露无遗。三姐死后还曾托梦亲口承认自己"淫奔不才""将人父子兄弟致于麀聚之乱"[①]……

可见原作者从来没有给三姐打造过"贞节牌坊"。三姐的动人和惊人之处，也绝不在"守节"二字。

可惜从《红楼梦》中的人物算起，极少有人能真正理解尤三姐。

尤三姐能看懂宝玉，却又不屑于嫁给宝玉——单这一条，就令她周围所有人无法理解。与她朝夕相处的姐姐尤

---

① 《脂砚斋重评石头记庚辰本》第六十九回。

二姐便第一个不能理解她。在尤三姐几次三番表明自己的意中人不是宝玉之后,二姐总算是接受了妹妹选择的结果,但仍然对妹妹这么选择的原因稀里糊涂、不明就里。

而仇视二尤的王熙凤,在尤三姐死后,竟然说出了这样的话:"这不是说幸而那一个没脸的尤三姐知道好歹,早早死了,若是不死,将来不是嫁宝玉,就是嫁环哥儿呢。"①

用这副心思去揣测普通邻家女孩儿或许十拿九稳,可这话说在尤三姐身上,还真是冤枉极了、狭隘极了、歹毒极了。

被尤三姐认定非他不嫁的"天选之子"柳湘莲也不能理解她。特立独行、鄙夷正统的湘莲在男女问题上竟然也不能脱离俗人的偏见:女人有了一个"淫"字,便一切好处都算不得了——"我不做这剩忘八!"②

纵然三姐死后他幡然悔悟,随之出家,究竟又于事何补呢?

---

① 《脂砚斋重评石头记戚序本》第六十七回,或非曹公原笔。
② 《脂砚斋重评石头记庚辰本》第六十六回。

就连自诩懂得"作养脂粉"①的宝玉，也并不能真正了解三姐。当被柳湘莲问及三姐如何，宝玉对她仅有"绝色尤物"②这样肤浅且略带轻薄的评价，促成了柳湘莲决意悔婚。我们这位最会怜香惜玉的"绛洞花王"③，无意间竟做了葬送三姐的推手！可怜尤三姐通过两件小事，便"巨眼"识得宝玉身上那些常人所不能理解的美德，而宝玉对三姐的内心，却是一无所知。

三姐死了，江湖上只剩下她面目模糊的传说。

除了"冷遁了柳湘莲，剑刎了尤小妹"④，旁人还能知道些什么？还肯深究些什么？三姐壮烈的牺牲，不过是荣宁二府盘根错节的权力关系中一个小小的点缀，老爷、少爷们偎红倚翠的风流艳史上一朵无声的浪花。

---

① 《脂砚斋重评石头记庚辰本》第四十四回：宝玉"忽又思及贾琏惟知以淫乐悦己，并不知作养脂粉"。

② 《脂砚斋重评石头记庚辰本》第六十六回，宝玉对柳湘莲说："你原说只要一个绝色便罢了，何必再疑……真真一对尤物，他又姓尤。"

③ 《脂砚斋重评石头记庚辰本》第三十七回，李纨说宝玉旧号是"绛洞花王"。

④ 《脂砚斋重评石头记庚辰本》第七十回。

（三）

三百年来的读者当中，很大一部分人并不能理解和欣赏《红楼梦》原作中的尤三姐。尤三姐甚至被一些人视作曹公的败笔，其中就包括一个影响力特别大的读者：《红楼梦》续书的编撰者。

在三姐应该是"荡妇"还是"烈女"的争议之中，续作者毫不犹豫地加入了后面一派。为了让尤三姐的"烈女"人设立得更稳，形象更为光辉夺目，他大肆涂改了原作中三姐所有"涉淫"的内容。譬如三姐和贾珍鬼混的情节：

> 贾珍便和三姐挨肩擦脸，百般轻薄起来。小丫头子们看不过，也都躲了出去，凭他两个自在取乐，不知作些什么勾当……①

被改成了因三姐性格不如姐姐"随和"，而贾珍在尤老娘面前不敢造次，只是远远看着三姐，因而岁月静好无事发生。

----

① 《脂砚斋重评石头记庚辰本》第六十五回。

三姐"调戏"贾珍、贾琏的文字：

> （三姐）自己高谈阔论，任意挥霍洒落一阵，拿他弟兄二人嘲笑取乐，竟真是他嫖了男人，并非男人淫了他……①

其中"竟真是他嫖了男人，并非男人淫了他"两句干脆被一笔勾销。而三姐死后托梦二姐时说的那段关键的话：

> 此亦系理数应然，你我生前淫奔不才，使人家丧伦败行，故有此报……②

续作者只将其中的"我"字一删，便轻轻巧巧地将三姐从宁府聚麀的乱局中"摘"出来了。

在续作者的笔端，尤三姐被赋予了光辉圣洁的烈女面貌，得以重新做人。

---

① 《脂砚斋重评石头记庚辰本》第六十五回。
② 《脂砚斋重评石头记庚辰本》第六十九回。

这也并不奇怪。无论是在东方还是西方，传统上都是以男性意识为中心的。绝大多数作家本来就是男性，他们以男性的立场和眼光来看待女性，塑造出的女性形象往往脱不出那几种死板的定式：不是女神，就是娼妓。法国存在主义、女性主义作家西蒙·波伏娃就认为，这样的女性角色并不是真正的女性，只不过是男子心目中的"第二性"而已。

和续作一起发行的《红楼梦》通行本，即俗称的"程高本"，实际上把原著中一个古今无二、活色生香的女子格式化，变成了迎合男性立场的"第二性"。

清代的续作者受时代局限倒还情有可原，可有些当代知名学者却提出，把尤三姐写得"矛盾"的原作者，水平显见不如那个赐予三姐圣女光环的续作者。这话说在开放文明的当代社会，显得何其迂腐！

对"圣女"版本尤三姐大唱赞歌，无异于对真实的尤三姐实施荡妇羞辱。

（四）

原作者为何既要写三姐之"淫"，又要把她塑造成一个令人可敬可爱之人，还要赠予她极高的评价呢？

作者塑造三姐这个人物时真正的关注点，根本不在"淫"，也不在"烈"，而在于"情"。

我们可以比较一下《红楼梦》前八十回三位自杀的女子，作者在回目中是如何为她们的死亡定评的：

秦可卿：秦可卿淫丧天香楼①（第十三回）。

白金钏：含耻辱情烈死金钏（第三十二回）。

尤三姐：情小妹耻情归地府（第六十六回）。

秦可卿是死于"淫"的败露，而金钏则是真"烈女"。古代"烈女"的"殊荣"，并非只要性格刚烈的女子就可以享有的，就像并非所有性格刚烈的汉子都可以被叫作"烈士"一样。必须是以死捍卫自己的贞节，或者以死证明自己贞节的女子，才配称为"烈女"。金钏儿跳井是以死证明自己和宝玉之间的清白，故为"情烈"。

若三姐是因为自愧淫行而自杀，那便重了秦可卿的"淫丧"；若她是为了自证清白而自杀，那便重了金钏儿的"情

---

① 《脂砚斋重评石头记甲戌本》第十三回回后总评："'秦可卿淫丧天香楼'，作者用史笔也。""秦可卿淫丧天香楼"应该是原稿第十三回的回目。

烈"——两者都深陷肉体纯洁性的争论之中。作者偏偏给了尤三姐一个别出心裁的"耻情"。

三姐死后托梦给柳湘莲，留下了这样几句话：

> 来自情天，去由情地。前生误被情惑，今既耻情而觉，与君两无干涉。[1]

作者在回目中称三姐为"情小妹"，而这段"来自情天，去由情地"的自白，也始终围绕着一个"情"字。她自杀的原因是"耻情"，即因情而生耻。令三姐感到羞耻而幡然悔悟的，是"情"本身——是她痴心待一人的缠绵，是她"思嫁柳二郎"[2]的自失。如今她已然觉悟"情"只是个错误，自然要"耻情而觉"，自然是"与君两无干涉"。

《红楼梦》号称"大旨谈情"[3]，整部书高度概括起来的确无非一个"情"字，而三姐最终却彻底地舍弃了"情"，毅然决然地选择了离开。作者这是将她放在了何

① 《脂砚斋重评石头记庚辰本》第六十六回。
② 《脂砚斋重评石头记庚辰本》第六十五回回目。
③ 《脂砚斋重评石头记庚辰本》第一回。

等的高度！

（五）

好在也并非完全无人懂得欣赏三姐。

在蒙古王府本、戚蓼生序本《石头记》中，曾有清人①在第六十六回留下过这样一条批语："尤三姐失身时，浓妆艳抹凌辱群凶；择夫后，念佛吃斋敬奉老母；能辨宝玉能识湘莲，活是红拂、文君一流人物。"

站在现代人的角度，对三姐婚前的不检点，倒是很容易拿"每个人都有支配自己身体的权利"这样的话来辩护，何况三姐的处境还有诸多身不由己之处；再者公开择定柳湘莲之后的那个新的尤三姐，即便在传统语境下也算得上是忠贞不二。三姐的前后表现是大致符合现代的婚恋贞操观念的。不过我这几句评论也不过是取一个小家子气的立足点，为她占一个位置罢了。因为三姐的"贞操"从来都不是作者，也不是通达的读者的关注点。在作者心目中，

---

① 虽然蒙府本、戚序本的批语也被视为"脂批"，但这个批语系统的回前批、回后总评不似出自脂砚斋、畸笏叟等"第一读者"之手，更可能是后来加的。故此姑且将这条批语的创作者称为"清人"罢。

肉身的纯洁从来都没有灵魂的独立来得重要——别忘记寒门中的"奇优名倡"和豪门里的"情痴情种",不过是"易地则同之人"罢了。就连在性的问题上非常男本位的柳湘莲,最后也不再纠结于三姐的失足与否,我们当代读者,又何苦替他去寻烦恼、抱不平呢?

作者用短短四千字,塑造出了一个复杂而丰富的、"正邪两赋"而来的、独一无二的女子。这个女子用自己短短的一生,拒绝着俗人眼中的标签,藐视着俗人规划的道路。

对于后世送给她的"淫妇""烈女"一类封号,她大概也只会报以一个轻蔑的笑,然后"一阵香风,无踪无影去了"罢。

第三部分
重读尤三姐

不同读者对尤三姐的定义天差地别。是"淫妇"还是"烈女"，竟然取决于你看的是哪个版本的《红楼梦》！

在这一部分，我们会为大家梳理尤三姐从《脂砚斋重评石头记》即曹雪芹原文的"淫妇"，"进化"为通行本《红楼梦》即程高本中的"烈女"这个非常有趣的过程。

然后，我们将带大家逐字逐句读懂尤三姐原文，一起体会那四千字有多精彩绝伦！

出于文本对比的需要，本部分第一篇文章会以较大篇幅完整呈现小说中被续作者修改过的段落。当后续再次讨论到这些段落的时候，我们会在不影响阅读的前提下尽量精简重复引用的内容。如果读者对程高本所做的修改不感兴趣，也可略过本部分第一篇文章，应当不影响阅读全书。

本部分所引用的原著，主要以《脂砚斋重评石头记庚辰本》、己卯本和蒙府本为底本，而所引用的通行本即程高本《红楼梦》的文字则以程乙本①为底本。本部分集中引用《脂砚斋重评石头记》第六十三至六十六回内容，故不再逐一注明原文回目。

---

① 程伟元、高鹗于1791年排印程甲本，修改后于1792年重印程乙本。程甲本和程乙本统称"程高本"，后者流通和影响更广。

原著中的尤三姐，
和你印象中的不太一样

（一）

红楼梦第六十三回可以视作全书的最高潮——宝玉在大观园中度过了自己的十四岁生日。因为宫中老太妃薨了，家长都随国礼不在家，孩子们闹得天昏地暗，搞了一次不分主仆的上中下三等金钗同席大联欢——喝一样的酒、抽一样的花签，颇有点英雄聚义的气势。

可惜高潮一过，故事的形势便急转直下。而尤二姐和尤三姐绝代双姝的陨落，便是分水岭。

（二）

第六十三回回末，宝玉刚过完生日，宁国府贾珍那个天天在城外修道的进士父亲贾敬，终于吃仙丹吃死了。因为贾珍、贾蓉等男子都因国丧在外随祭，贾珍妻子尤氏亲自在家庙主持敬老爷子的丧事，便只好将自己的继母尤老娘请来宁国府帮忙"看家"，而尤老娘那两个拖油瓶进到尤家的女儿尤二姐和尤三姐，也被带到宁国府"一并起居才放心"。[①]

贾珍、贾蓉父子听到贾敬过世的消息便连夜赶回家，路上正好遇到家人，听说了尤氏将继母和两个妹妹接到家中的事情。

原著在这里留下了一句贾珍父子聚麀的暧昧铺垫：

> 贾蓉当下也下了马，听见两个姨娘来了，便和贾珍一笑。

通行本却改得很含混，即便将之理解为贾蓉和姨妈之间的骨肉亲情也未尝不可：

----

① 《脂砚斋重评石头记庚辰本》第六十三回。

贾蓉当下也下了马，听见两个姨娘来了，喜的笑容满面。

贾珍遣贾蓉先行回家。贾蓉一见到自己的两个姨娘，便开启了放肆的调戏模式，连围观的丫鬟也不放过，场面十分不堪：

> 贾蓉且嘻嘻的望他二姨娘笑说："二姨娘，你又来了，我们父亲正想你呢。"尤二姐便红了脸，骂道："蓉小子，我过两日不骂你几句，你就过不得了。越发连个体统都没了。还亏你是大家公子哥儿，每日念书学礼的，越发连那小家子瓢坎的也跟不上。"说着顺手拿起一个熨斗来，搂头就打，吓的贾蓉抱着头滚到怀里告饶。尤三姐便上来撕嘴，又说："等姐姐来家，咱们告诉他。"贾蓉忙笑着跪在炕上求饶，他两个又笑了。贾蓉又和二姨抢砂仁吃，尤二姐嚼了一嘴渣子，吐了他一脸。贾蓉用舌头都舔着吃了。众丫头看不过，都笑说："热孝在身上，老娘才睡了觉，他两个虽小，到底是姨娘家，你太眼里没有奶奶了。回来告诉爷，你

吃不了兜着走。"贾蓉撇下他姨娘，便抱着丫头们亲嘴："我的心肝，你说的是，咱们馋他两个。"丫头们忙推他，恨的骂："短命鬼儿，你一般有老婆丫头，只和我们闹。知道的说是顽；不知道的人，再遇见那脏心烂肺的爱多管闲事嚼舌头的人，吵嚷的那府里谁不知道，谁不背地里嚼舌说咱们这边乱帐。"贾蓉笑道："各门另户，谁管谁的事。都够使的了。从古至今，连汉朝和唐朝，人还说脏唐臭汉，何况咱们这宗人家。谁家没风流事，别讨我说出来。连那边大老爷这么利害，琏二叔还和那小姨娘不干净呢。凤姑娘那样刚强，瑞叔还想他的帐。那一件瞒了我！"

　　贾蓉只管信口开合胡言乱道之间，只见他老娘醒了，请安问好……

原著中撕了贾蓉嘴，当贾蓉嬉皮笑脸跪地求饶的时候又和姐姐一起笑了的尤三姐，在程高本的安排下变得"非礼勿动"起来。先是那个经典的撕嘴动作被改成"尤三姐便转过脸去，说道：'等姐姐来家再告诉他。'"贾蓉求饶之后的"他两个又笑了"被删去。之后原著贾蓉胡言乱语之间尤老娘自己醒了，也被改成是知礼守法的尤三姐主动叫醒了母亲：

> 贾蓉只管信口开河，胡言乱道。三姐儿沉了脸，早下炕进里间屋里，叫醒尤老娘。

尤老娘醒了之后，贾蓉便对着这位自己名义上的外婆扯了一通无边无际的谎话，说贾珍已经替尤氏姐妹相中了一位好郎君：

> 尤老只当真话，忙问是谁家的。二姊妹丢了活计，一头笑，一头赶着打，说："妈别信这雷打的。"

程高本对二姐妹和贾蓉之间的打闹又进行了精心的修饰：

> 尤老娘只当是真话，忙问："是谁家的？"二姐丢了活计，一头笑，一头赶着打，说："妈妈，别信这混账孩子的话。"三姐儿道："蓉儿，你说是说，

别只管嘴里这么不清不浑的！"

在原著中，虽然二姐是贾蓉的主要调戏对象，而三姐表现得比姐姐更为泼辣一些，但在尤氏双艳的出场阶段，曹公大体上是把两姐妹当成一体来写的。经过续作者一番涂改后，二姐妹一出场就泾渭分明：和贾蓉的一切调笑打闹都发生在尤二姐一个人身上，而三姐则摇身一变，成了一个庄严肃穆的女夫子。

（三）

第六十四回，凤姐的丈夫，也就是荣国府的贾琏，慕名加入了贾珍父子和尤氏姐妹的乱伦盛宴之中：

却说贾琏素日既闻尤氏姐妹之名，恨无缘得见。近因贾敬停灵在家，每日与二姐三姐相认已熟，不禁动了垂涎之意。况知与贾珍贾蓉等素有聚麀之诮，因而乘机百般撩拨，眉目传情。那三姐却只是淡淡相对，只有二姐也十分有意。但只是眼目众多，无从下手。贾琏又怕贾珍吃醋，不敢轻动，只好二人心领神会而已。

此时出殡以后，贾珍家下人少，除尤老娘带领二姐三姐并几个粗使的丫鬟老婆子在正室居住外，其余婢妾都随在寺中。外面仆妇，不过晚间巡更，日间看守门户，白日无事，亦不进里面去。所以贾琏便欲趁此下手，遂托相伴贾珍为名，亦在寺中住宿，又时常借着替贾珍料理家务，不时至宁府中来勾搭二姐。

　　因为原著中尤氏姐妹对贾琏的态度出现分化，三姐只是"淡淡相对"，这段文字幸免了被涂改的命运。

　　后来贾蓉这个八面玲珑的滑头鬼出于自己的私心，极力撺掇贾琏偷娶二姐。贾琏"欲令智昏"，决心将这个馊主意付诸行动。他借办事的机会去宁国府找二姐，还将自己的九龙佩偷偷送给了她做信物。

　　这边贾蓉也开始了他"九国贩骆驼"的游说工作，先是在外婆尤老娘跟前暗示了贾琏和二姐的婚事：

　　　　贾蓉和他老娘说道："那一次我和老太太说的，我父亲要给二姨说的姨父，就和我这叔叔的面貌身量差不多儿。老太太说好不好？"一面说着，又悄悄的用手指着贾琏和他二姨努嘴。二姐倒不好意思说什么，只见三姐似笑非笑、似恼非恼的骂道："坏透了的小猴儿崽子！没了你娘的说了！多早晚我才撕他那嘴呢！"一面说着，便赶了过来。[①]贾蓉早笑着跑了出去，贾琏也笑着辞了出来。

通行本对此改动不大，只将段末三姐追赶贾蓉的动作给删去了。

贾蓉的第二步行动是在父亲贾珍和继母尤氏跟前极力促成贾琏和二姐的婚事。贾珍打着自己的小算盘，同意了这个把尤氏姐妹送进火坑的计划。二尤名义上的姐姐尤氏虽然反对，却起不了什么作用：

尤氏却知此事不妥，因而极力劝止。无奈贾珍主意已定，素日又是顺从惯了的，况且他与二姐本非一母，不便深管，因而也只得由他们闹去了。

---

① 《脂砚斋重评石头记》庚辰本、己卯本第六十四回原无"一面说着，便赶了过来"一句，周汇本等汇校本通常从戚序本、蒙府本等各古本补全此句。

于是贾蓉开始了他的第三步"掮客"工作：正式求得尤老娘母女的同意。此处尤老娘、尤二姐的心理活动非常有趣，我们留到后文去说，以免本节离"真假尤三姐"的主题跑得太远。

尤老娘同意后，贾蓉的工作就完成了。贾蓉、贾琏便在宁荣街后面二里远近的小花枝巷里面买下了二十余间的一所宅子，作为安置尤家母女三人的"新房"，并强逼着那个从小与尤二姐指腹为婚的穷鬼张华同尤家退了亲。

（四）

第六十五回乃是尤三姐正文，也是受到续作者大肆涂改的重灾区。

贾琏娶了尤二姐两个月后的一天，贾珍趁贾琏不在，便潜入了贾琏在小花枝巷的小"金屋"，去找尤氏姐妹厮混。原著是这样写尤家母女三人和贾珍之间的互动的：

> 当下四人（贾珍和尤氏母女）一处吃酒。尤二姐知局，便邀他母亲说："我怪怕的，妈同我到那边走走来。"尤老也会意，便真个同他出来，只剩小丫头们。

贾珍便和三姐挨肩擦脸，百般轻薄起来。小丫头子们看不过，也都躲了出去，凭他两个自在取乐，不知作些什么勾当。

程高本将整段话改为：

当下四人一处吃酒。二姐儿此时恐怕贾琏一时走来，彼此不雅，吃了两钟酒便推故往那边去了。贾珍此时也无可奈何，只得看着二姐儿自去。剩下尤老娘和三姐儿相陪。那三姐儿虽向来也和贾珍偶有戏言，但不似他姐姐那样随和儿，所以贾珍虽有垂涎之意，却也不肯造次了，致讨没趣。况且尤老娘在旁边陪着，贾珍也不好意思太露轻薄。

在原作的设定里，留在西院吃酒是贾珍和三姐两人之间的勾当，而续作者为了三姐的清白，却强行把她娘也留在了西院。他还赋予了尤老娘莫名的威慑力，竟能令手握实权的女婿贾珍看着三姐干瞪眼。这样看来，贾珍倒还不算无耻，甚至称得上是乖巧驯良的了。在程高通行本中，为了确保三姐的清白，其他角色的人设其实发生了很大的混乱。

正好这天稍晚，贾琏也回二姐这边歇息。贾琏得到下人通报，明知贾珍就在西院里，却径直回到二姐房中，假装什么事也没有发生。二姐羞愧之余捅破了窗户纸：

> 尤二姐滴泪说道："你们拿我作愚人待，什么事我不知。我如今和你作了两个月夫妻，日子虽浅，我也知你不是愚人。我生是你的人，死是你的鬼，如今既作了夫妻，我终身靠你，岂敢瞒藏一字。我算是有靠，将来我妹子却如何结果？据我看来，这个形景恐非长策，要作长久之计方可。"贾琏听了，笑道："你且放心，我不是拈酸吃醋之辈。前事我已尽知，你也不必惊慌。你因妹夫倒是作兄的，自然不好意思，不如我去破了这例。"说着走了，便至西院中来，只见窗内灯烛辉煌，二人正吃酒取乐。

通行本给后半部分贾琏的反应加了不少戏，赋予了他一个较为明确的主张：

贾琏听了，笑道："你放心，我不是那拈酸吃醋的人。你前头的事，我也知道，你倒不用含糊着。如今你跟了我来，大哥跟前自然倒要拘起形迹来了。依我的主意，不如叫三姨儿也合大哥成了好事，彼此两无碍，索性大家吃个杂会汤。你想怎么样？"二姐一面拭泪，一面说道："虽然你有这个好意，头一件，三妹妹脾气不好；第二件，也怕大爷脸上下不来。"贾琏道："这个无妨。我这会子就过去，索性破了例就完了。"说着，乘着酒兴，便往西院中来。只见窗内灯烛辉煌。

原著中写贾琏来到西院，却对贾珍说了一段不伦不类的话：

贾琏便推门进去，笑说："大爷在这里，兄弟来请安。"贾珍羞的无话，只得起身让坐。贾琏忙笑道："何必又作如此景象，咱们弟兄从前是如何样来！大哥为我操心，我今日粉身碎骨，感激不尽。大哥若多心，我意何安。从此以后，还求大哥如昔方好；不然，兄弟能可绝后，再不敢到此处来了。"说着，便要跪下。

慌的贾珍连忙搀起,只说:"兄弟怎么说,我无不领命。"贾琏忙命人:"看酒来,我和大哥吃两杯。"又拉尤三姐说:"你过来,陪小叔子一杯。"贾珍笑着说:"老二,到底是你,哥哥必要吃干这钟。"说着,一扬脖。

程高本除了继续将早已退场的尤老娘留在西院,也对兄弟俩的表情和发言进行了调整。

贾琏便推门进去,说:"大爷在这里呢,兄弟来请安。"贾珍听是贾琏的声音,唬了一跳,见贾琏进来,不觉羞惭满面。尤老娘也觉不好意思。贾琏笑道:"这有什么呢!咱们弟兄,从前是怎么样来?大哥为我操心,我粉身碎骨,感激不尽。大哥要多心,我倒不安了。从此,还求大哥照常才好;不然兄弟宁可绝后,再不敢到此处来了。"说着便要跪下。慌的贾珍连忙搀起来,只说:"兄弟怎么说,我无不领命。"贾琏忙命人:"看酒来,我和大哥吃两杯。"因又笑嘻嘻向三姐儿道:"三妹妹为什么不合大哥吃个双钟儿?我也敬一杯,给大哥合三妹妹道喜。"

这样一来，贾琏"撮合"三姐和贾珍的目的似乎比原著明确了些，而贾珍的面目却显得模糊了。我可以理解续作者的修改思路，但这些改动似乎不太符合贾琏的性格特点，而且可能反而会破坏读者对尤三姐后续反应的理解。原著接着写道：

尤三姐站在炕上，指贾琏笑道："你不用和我花马吊嘴的，清水下杂面，你吃我看见。提着影戏人子上场，好歹别戳破这层纸儿。你别油蒙了心，打谅我们不知道你府上的事。这会子花了几个臭钱，你们哥儿俩拿着我们姐儿两个权当粉头来取乐儿，你们就打错了算盘了。我也知道你那老婆太难缠，如今把我姐姐拐了来做二房，偷的锣儿敲不得。我也要会会那凤奶奶去，看他是几个脑袋几只手。若大家好取和便罢；倘若有一点叫人过不去，我有本事先把你两个的牛黄狗宝掏了出来，再和那泼妇拼了这命，也不算是尤三姑奶奶！喝酒怕什么，咱们就喝！"说着，自己绰起壶来斟了一杯，自己先喝了半杯，搂过贾琏的脖子来就灌，说："我和你哥哥已经吃过了，咱们来亲香亲香。"唬的贾琏酒都醒了。贾珍也不承望尤三姐这等无耻老辣。弟兄两个本是风月场中耍惯的，不想今日反被这闺女一席话说住。尤三姐一叠声又叫："将姐姐请来，要乐咱们四个一处同乐。俗语说'便宜不过当家'，他们是弟兄，咱们是姊妹，又不是外人，只管上来。"尤二姐反不好意思起来。贾珍得便就要一溜，尤三姐那里肯放。贾珍此时方后悔，不承望他是这种为人，与贾琏反不好轻薄起来。

三姐突然发作，将贾珍兄弟二人臭骂了一顿，倒是合了续作者的意。他的改动之处主要是开头一句，给三姐加了个跳上炕的动作，似乎旨在烘托他心目中这位"女李逵"的暴躁性格：

> 三姐儿听了这话，就跳起来，站在炕上，指着贾琏冷笑道："你不用和我花马掉嘴的……"

此外原作中三姐"搂过贾琏的脖子来就灌"，那个有些暧昧的"搂"字也被改成了更有距离感的"揪"字："揪过贾琏来就灌"。后面那个"反不好意思起来"的人，也从尤二姐被改写成了早该在梦乡里的尤老娘。原作写道：

> 这尤三姐松松挽着头发，大红袄子半掩半开，露着葱绿抹胸，一痕雪脯。底下绿裤红鞋，一对金莲或翘或并，没半刻斯文。两个坠子却似打秋千一般，灯光之下，越显得柳眉笼翠雾，檀口点丹砂。本是一双秋水眼，再吃了酒，又添了饧涩淫浪，不独将他二姊压倒，据珍琏评去，所见过的上下贵贱若干女子，皆未有此绰约风流者。二人已酥麻如醉，不禁去招他一招，他那淫态风情，反将二人禁住。那尤三姐放出手眼来略试了一试，他弟兄两个竟全然无一点别识别见，连口中一句响亮话都没了，不过是酒色二字而已。自己高谈阔论，任意挥霍洒落一阵，拿他弟兄二人嘲笑取乐，竟真是他嫖了男人，并非男人淫了他。一时他的酒足兴尽，也不容他弟兄多坐，撵了出去，自己关门睡去了。

续作者删去了原作中对三姐"一对金莲或翘或并，没半刻斯文"的描写，改成了"忽起忽坐，忽喜忽嗔，没半刻斯文"，这或许和乾隆朝禁缠令的政治敏感问题有关，倒是情有可原。只可惜原作中的"再吃了酒，又添了饧涩淫浪，不独将他二姊压倒，据珍琏评去，所见过的上下贵贱若干女子，皆未有此绰约风流者"，因荼毒了三姐的冰清玉洁，被改成了旧小说中千篇一律的"再吃了几杯酒，越发横波入鬓，转盼流光"。"二人已酥麻如醉，不禁去招他一招，他那淫态风情，反将二人禁住"，被改成"方才一席话，直将二人禁住"。"竟真是他嫖了男人，并非男人淫了他"等独树一帜的生动描写，也不出意外地悉数陪了葬。此后，原作写道：

> 自此后，或略有丫鬟婆娘不到之处，便将贾琏、贾珍、贾蓉三个泼声厉言痛骂，说他爷儿三个诓骗了他寡妇孤女。贾珍回去之后，以后亦不敢轻易再来，有时尤三姐自己高了兴悄命小厮来请，方敢去一会，到了这里，也只好随他的便。谁知这尤三姐天生脾气不堪，仗着自己风流标致，偏要打扮的出色，另式作出许多万人不及的淫情浪态来，哄的男子们垂涎落魄，欲近不能，欲远不舍，迷离颠倒，他以为乐。他母姊二人也十分相劝，他反说："姐姐糊涂。咱们金玉一般的人，白叫这

两个现世宝沾污了去，也算无能。而且他家有一个极利害的女人，如今瞒着他不知，咱们方安。倘或一日他知道了，岂有干休之理，势必有一场大闹，不知谁生谁死。趁如今我不拿他们取乐作践准折，到那时白落个臭名，后悔不及。"因此一说，他母女见不听劝，也只得罢了。

那尤三姐天天挑拣穿吃，打了银的，又要金的；有了珠子，又要宝石；吃的肥鹅，又宰肥鸭。或不趁心，连桌一推；衣裳不如意，不论绫缎新整，便用剪刀剪碎，撕一条，骂一句，究竟贾珍等何曾随意了一日，反花了许多昧心钱。

程高本对于这一段的修补粘贴简直令人眼花缭乱，不过主要目的似乎就是捍卫三姐身体的神圣不容侵犯。续作者先是在贾珍"到了这里，也只好随他的便"后面加了一句"干瞅着罢了"，保证贾珍绝不能对她动手动脚。"哄的男子们垂涎落魄，欲近不能，欲远不舍，迷离颠倒，他以为乐"已经被挪用到上一段了，这里便补了句："那些男子们，别说贾珍、贾琏这样风流公子，便是一班老到人，铁石心肠，看见了这般光景，也要动心的。"随后赶紧再补上几句话强调三姐气场的强大和她身体的安全："别有一种令人不敢招惹的光景"，令男人们"不敢动手动脚"。此外，原著"另式作出许多万人不及的淫情浪态来"一句中，"淫情浪态"四字也被改作了"风情体态"。

三姐度过了一段发泄放纵的时光，二姐却越发担心妹子的前途，和贾琏商议找个人把三姐聘了。于是二姐、贾琏、尤老娘设了一桌"鸿门宴"请三姐。三姐何等聪明之人，立刻就明白了。原著写道：

> 尤三姐便知其意，酒过三巡，不用姐姐开口，先便滴泪泣道："姐姐今日请我，自有一番大礼要说。但妹子不是那愚人，也不用絮絮叨叨提那从前丑事，我已尽知，说也无益。既如今姐姐也得了好处安身，妈也有了安身之处，我也要自寻归结去，方是正理。但终身大事，一生至一死，非同儿戏。我如今改过守分，只要我拣一个素日可心如意的人方跟他去。若凭你们拣择，虽是富比石崇，才过子建，貌比潘安的，我心里进不去，也白过了一世。"贾琏笑道："这也容易。凭你说是谁就是谁，一应彩礼都有我们置办，母亲也

不用操心。"尤三姐泣道:"姐姐知道,不用我说。"贾琏笑问二姐是谁,二姐一时也想不起来。大家想来,贾琏便道:"定是此人无移了!"便拍手笑道:"我知道了。这人原不差,果然好眼力。"二姐笑问是谁,贾琏笑道:"别人他如何进得去,一定是宝玉。"二姐与尤老听了,亦以为然。尤三姐便啐了一口,道:"我们有姊妹十个,也嫁你弟兄十个不成?难道除了你家,天下就没了好男子了不成!"众人听了都诧异:"除去他,还有那一个?"尤三姐笑道:"别只在眼前想,姐姐只在五年前想就是了。"

续作者好像一个严厉的家长,对三姐的饮酒量严加管束,也不许她酒过三巡,"刚斟上酒"便让她把话说完了。他更不让三姐承认自己从前有过"丑事",只说"从前的事,我已尽知了"。最要命的是原著三姐说出的"改过守分"四个字将她暴露了,这怎么行!续作者于是果断将之划去,还加入了一段新的发言来替三姐"洗白":

　　向来人家看着咱们娘儿们微息,不知都安着什么心，我所以破着没脸，人家才不敢欺负……

三姐自主择夫这件事也有没羞没臊的嫌疑，有必要替她补白一句：

这如今要办正事，不是我女孩儿家没羞耻，必得我拣个素日可心如意的人，才跟他。

续作者或许觉得原著中"富比石崇，才过子建，貌比潘安"几个排比句口气太大，改成了波澜不惊的"有钱有势"：

要凭你们拣择，虽是有钱有势的，我心里进不去，白过了这一世了。

（五）

后来的故事大家都知道了。

三姐选定了在外避祸的柳湘莲，并从此痛改前非，吃斋念佛侍奉老母，一心只等湘莲回来完婚。

程高本对这段情节主要的改动有两处。先是不出意外地将原作中但凡提及"改悔"的部分全部清除掉了。譬如二姐对贾琏说的话，"三妹子他从不会朝更暮改的。他已说了改悔，必是改悔的。他已择定了人，你只要依他就是了"，被改成了"三妹妹他从不会朝更暮改的。他已择定了人，你只要依他就是了"。

贾琏亲眼见证了三姐的变化，出门去平安州前，已经"果见小妹竟又换了一个人"，等到他从平安州回来：

> ……先到尤二姐处探望。谁知贾琏出门之后，尤二姐操持家务十分谨肃，每日关门闭户，一点外事不闻。他小妹子果是个斩钉截铁之人，每日侍奉母姊之余，只安分守己，随分过活。虽是夜晚间孤衾独枕，不惯寂寞，奈一心丢了众人，只念柳湘莲早早回来完了终身大事。

了不得！"夜晚间孤衾独枕，不惯寂寞"，信息量未免太大了，是断不能留的。续作者不仅删除了这段话，还给三姐平添了一段赶走色狼的事迹：

> 那三姐儿果是个斩钉截铁之人，每日侍奉母亲之

余，只和姐姐一处做些活计。虽贾珍趁贾琏不在家，也来鬼混了两次，无奈二姐儿只不兜揽，推故不见。那三姐儿的脾气，贾珍早已领过教的，那里还敢招惹他去？所以踪迹一发疏阔了。

七月份贾琏出差时路遇柳湘莲，如同捡了宝贝一样赶紧帮尤三姐定下了亲事，谁知柳湘莲进京之后，心里反而又犹豫起来。询问宝玉之后他才得知三姐曾经在宁国府住过，是贾珍的小姨子，便断定三姐是不"干净"的，于是到尤家执意退婚，要索回定礼。贾琏不从，两人争执之间，三姐在内室全都听见了。原著写道：

那尤三姐在房明明听见。好容易等了他来，今忽见反悔，便知他在贾府中得了消息，自然是嫌自己淫奔无耻之流，不屑为妻。今若容他出去和贾琏说退亲，料那贾琏必无法可处，自己岂不无趣。一听贾琏要同他出去，连忙摘下剑来，将一股雌锋隐在肘内，出来便说："你们不必出去再议，还你的定礼。"一面泪如雨下，左手将剑并鞘送与湘莲，右手回肘只往项上一横。可怜"揉碎桃花红满地，玉山倾倒再难扶"。芳灵蕙性，渺渺冥冥，不知那边去了……

这段改动主要在第二句。原著说湘莲"得了消息"，"嫌"三姐是"淫奔无耻之流，不屑为妻"，言下之意，柳湘莲在贾府了解到的情况属实。续作者将这段话改作柳湘莲分明听信流言蜚语，把三姐当成和二姐一样的人，误会了这朵出淤泥而不染的白莲花：

（三姐）便知他在贾府中听了什么话来，把自己也当做淫奔无耻之流，不屑为妻……

原著中"芳灵蕙性，渺渺冥冥，不知那边去了"一句写得极妙，且是后文三姐的魂魄再次出现的伏笔，却也被续作者删除，这一点十分令人费解。

贾琏本欲绑了柳湘莲去见官，在二姐劝说下放了他去。原作中写：

湘莲反不动身，泣道："我并不知是这等刚烈贤妻，可敬，可敬。"湘莲反扶尸大哭一场。等买了棺木，眼见入殓，又俯棺大哭一场，方告辞而去。

续作者将这段话改成：

> 湘莲反不动身，拉下手绢，拭泪道："我并不知是这等刚烈人，真真可敬！是我没福消受。"大哭一场，等买了棺木，眼看着入殓，又俯棺大哭一场，方告辞而去。

这是续作者化神奇为腐朽的一处绝佳例子。在续作者心目中，英气勃发的柳少侠竟然是随身揣着手绢的。若将程高本的"湘莲"二字蒙住，填上"宝玉"，也毫无违和感。原作中先"扶尸大哭"再"俯棺大哭"那种极其强烈的感情，在续作中被减弱了不少，令人觉得柳湘莲的悲伤绝到不了出家的地步。原作中"刚烈贤妻"四个字是柳湘莲对三姐做出的关键定位——到此时他已经完全将三姐视作了自己的妻子，因此鸳鸯剑斩的才是真鸳鸯。程高本中这个"刚烈人"算是怎么回事？

第六十六回最末便是湘莲恍惚间见到三姐的事，原著写道：

出门无所之，昏昏默默，自想方才之事。原来尤三姐这样标致，又这等刚烈，自悔不及。正走之间，只见薛蟠的小厮寻他家去，那湘莲只管出神。那小厮带他到新房之中，十分齐整。忽听环佩叮当，尤三姐从外而入，一手捧着鸳鸯剑，一手捧着一卷册子，向柳湘莲泣道："妾痴情待君五年矣，不期君果冷心冷面，妾以死报此痴情。妾今奉警幻之命，前往太虚幻境修注案中所有一干情鬼。妾不忍一别，故来一会，从此再不能相见矣。"说着便走。湘莲不舍，忙欲上来拉住问时，那尤三姐便说："来自情天，去由情地。前生误被情惑，今既耻情而觉，与君两无干涉。"说毕，一阵香风，无踪无影去了。

原著中三姐交代完前因后果，"说着便走"，何等决绝。续作者不知是嫌她无情还是无礼，又令她"向湘莲洒了几点眼泪"，而且告辞之后才走。而最让我不解的是续作者将三姐最后那一段极其精彩且重要的，点了此回回目主题的话删得一干二净："来自情天，去由情地。前生误被情惑，今既耻情而觉，与君两无干涉"，被改成"三姐一摔手，便自去了"。这难道是要突出三姐"脾气不好"？

薛家小童将湘莲带至新房一段也被续作者删除，因此新房变破庙的那场幻灭之旅也随之消失于无形了。

湘莲醒来遇到道士，顿悟出家。

尤三姐故事完。

在原著中，第六十九回尤二姐被凤姐折磨将死的时候，尤三姐还有一次魂魄形式的出场。对于在红楼舞台上仅仅活跃了三四个月的尤三姐来说，这次出场机会当然是弥足珍贵的：

（尤二姐）夜来合上眼，只见他小妹子手捧鸳鸯宝剑前来说："姐姐，你一生为人心痴意软，终久吃了这亏。休信那妒妇花言巧语，外作贤良，内藏奸狡，他发恨定要弄你一死方罢。若妹子在世，断不肯令你进（荣国府）来，即进来时，亦不容他这样。此亦系理数应然，你我生前淫奔不才，使人家丧伦败行，故有此报。你依我将此剑斩了那妒妇，一同归至警幻案下，听其发落。不然，你则白白的丧命，且无人怜惜。"尤二姐泣道："妹妹，我一生品行既亏，今日之报既系当然，何必又生杀戮之冤。随我去忍耐。若天见怜，使我好了，岂不两全。"小妹笑道："姐姐，你终是个痴人。自古'天网恢恢，疏而不漏'，天道好还。你虽悔过自新，然已将人父子兄弟致于麀聚之乱，天怎容你安生。"尤二姐泣道："既不得安生，亦是理之当然，奴亦无怨。"小妹听了，长叹而去。尤二姐惊醒，却是一梦。

程高本对姊妹俩这段对话也进行了大刀阔斧的删改：

（尤二姐）夜来合上眼，只见他妹妹手捧鸳鸯宝剑前来说："姐姐，你为人一生心痴意软，终久吃了亏。休信那妒妇花言巧语，外作贤良，内藏奸滑。他发狠定要弄你一死方罢。若妹子在世，断不肯令你进来；就是进来，亦不容他这样。此亦系理数应然，只因你前生淫奔不才，使人家丧伦败行，故有此报。你速依我，将此剑斩了那妒妇，一同回至警幻案下，听其发落。

不然，你白白的丧命，也无人怜惜的。"尤二姐哭道："妹妹，我一生品行既亏，今日之报，既系当然，何必又去杀人作孽？"三姐儿听了，长叹而去。这二姐惊醒，却是一梦。

"前生淫奔不才，使人家丧伦败行"的，从"你我"姊妹俩变成了"你"尤二姐一人；"然已将人父子兄弟致于麀聚之乱"一段话则被删除。三姐对姐妹俩共同的悲剧命运的一次感人至深的控诉，却变成了尤三姐站在道德的制高点上对姐姐的一通说教。

续作者删去了"天网恢恢"，却仍保留了"理数应然"。按照这个逻辑，尤二姐的悲惨结局是她的不检点所应得的"报应"，那么在程高本中守身如玉的尤三姐，怎么也落了个和二姐一样悲惨的结局呢？屈死的尤三姐却在姐姐跟前大谈"报应"，岂不是形成了个天大的逻辑矛盾，显得她愚蠢至极了？

续书作者为了让自己的道德说教能够自圆其说，将三姐一个独特而立体的人物涂抹成了一个古代文化语境中标准的"烈女"，同时产生了一系列逻辑漏洞。最大的漏洞就是，同一个闺房中的两姊妹，怎么可能做到一个人极度淫乱而另一个极度贞洁呢？这不仅不合理，而且将原著中对社会的反思变成了对个体的训诫。

程高本将《红楼梦》补全为百二十回并刊印发行，对《红楼梦》的保存和传播做出的贡献不可谓不大。尽管书中出现了种种不符合原著原意之处，但我认为应是两位作者的认知水平以及笔力差距太远之故。时过境迁，如今想要再写出一部可以比肩程高本后四十回的续书，也恐怕是痴人说梦了。然而，尤三姐的故事在前八十回就已经彻底完结，并不存在原稿轶散的问题。尽量消除程高本造成的误导，还读者一个真实的尤三姐，是我们完全可以做到的事。

那么三百年后，我们的社会是否准备好了接受一个"卸了妆"的尤三姐呢？

尤三姐的爆发

（一）

从二尤一起入贾府以来，作者在三姐身上一直是惜墨如金的，直到第六十五回在小花枝巷的小"金屋"和贾珍、贾琏兄弟爆发了激烈的冲突，这个人物才一下子立体起来，并且站到了《红楼梦》的舞台中央。而紧接着的第六十六回，尤三姐便自刎了。描写她的文字严格算来仅有两个整回，起承转合却融合了相当复杂的矛盾，结局十分震撼人心。

短短两回的故事中，尤三姐的表现又可以根据戚序本回后评的说法划分为两个阶段："失身时"的"浓妆艳抹凌辱群凶"以及"择夫后"的"念佛吃斋敬奉老母"。篇幅所限，本节重点讨论她"失身时"的第一阶段，至于她"择夫后"的第二阶段，我们将在后文中详述。

（二）

三姐真正意义上的登场——那场爆发来得似乎很突然，让许多读者有些摸不着头脑：本来明明和贾珍"玩"得好好的，怎么贾琏好意过来帮她解决终身大事，才说了几句话，她却立马就翻脸了呢？

要搞清楚三姐为什么翻脸，我们必须仔细看看贾珍和贾琏到底都说了些什么、做了些什么。

我们心里首先要清楚一件事：宁国府贾珍、贾蓉父子当初之所以鼎力支持尤二姐嫁贾琏，根本不是为了贾琏的子嗣或者二姐的终身考虑，而是打着自己的小算盘——如果尤氏姐妹被贾琏养在贾府外面，他们就能更肆无忌惮而且更低成本地满足自己的色欲。

这桩婚事是贾蓉一手撺掇而成的，而作者曾明写贾蓉心里的小九九：

> （贾琏）却不知贾蓉亦非好意，素日因同他姨娘有情，只因贾珍在内，不能畅意。如今若是贾琏娶了，少不得在外居住，趁贾琏不在时，好去鬼混之意。

然而后文并没有写贾蓉如何去鬼混，却写了贾珍如何去鬼混：尤二姐出嫁后不出两个月，仍在孝中的贾珍在铁槛寺忙完佛事之后突然想起来尤二姐，就决定去"探望探望"……用贾珍的行为承接贾蓉的心思，作者不仅将一对爱好聚麀的父子写得活灵活现，而且一点冗余文字也没有。

（贾珍）先命小厮去打听贾琏在与不在，小厮回来说不在。贾珍欢喜，将左右一概先遣回去，只留两个心腹小童牵马。一时，到了新房，已是掌灯时分，悄悄入去……

现代人读到贾珍去看望丈母娘和小姨子，或许不觉得很过分。但那是个女性要"避六亲"的时代！当初秦可卿病死，贾珍在丧葬活动上直接跑到凤姐跟前请求她协理宁国府，已属失态；那么你能想象贾珍趁夜黑风高溜进荣国府内室找凤姐和平儿喝酒吗？借他十个胆子料他也不敢！

尤二姐虽然以亲戚的名义在宁国府住过，但如今已经嫁给了贾琏，那么她的身份就变得和凤姐、平儿一样；在小花枝巷的小"金屋"里，贾珍也应该遵守和荣国府凤姐院中一样的规矩。

贾珍何尝不懂礼法，所以他先确定了贾琏正好不在家，然后才敢悄悄潜入进去。

> 贾珍进来，屋内才点灯，先看过了尤氏母女，然后二姐出见，贾珍仍唤二姨……说话之间，尤二姐已命人预备下酒馔，关起门来，都是一家人，原无避讳。那鲍二来请安，贾珍便说："……倘或这里短了什么，你琏二爷事多，那里人杂，你只管去回我。我们弟兄不比别人。"……当下四人一处吃酒。尤二姐知局，便邀他母亲说："我怪怕的，妈同我到那边走走来。"尤老也会意，便真个同他出来，只剩小丫头们。贾珍便和三姐挨肩擦脸，百般轻薄起来。小丫头子们看不过，也都躲了出去，凭他两个自在取乐，不知作些什么勾当。

"关起门来，都是一家人，原无避讳"，这显然是写在小说正面的反话，反过来看就是在讽刺：宁国府的家风可真是太别致了。再看贾珍说的那些话。对鲍二说"我们弟兄不比别人"，是在淡化贾琏在小花枝巷的"领土主权"；

用"倘或这里短了什么"的借口插足小花枝巷的事务，这叫"经济渗透"。

尤二姐未嫁之时，贾珍从未将她当成小姨子，如今尤二姐嫁给了贾琏，贾珍也没打算真把她当作弟媳。贾珍见到二姐的时候口中仍把她叫作"二姨"，其用心就昭然若揭了。

尤二姐佯装上厕所，拉上母亲一起溜了。两人算是将三姐"卖"给了贾珍。没想到贾琏这天晚上却回小花枝巷这边来了：

> 忽听扣门之声，鲍二家的忙出来开门，看见是贾琏下马，问有事无事。鲍二女人便悄悄告他说："大爷在这里西院里呢。"贾琏听了，便回至卧房。只见尤二姐和他母亲都在房中，见他来了，二人面上便有些讪讪的。贾琏反推不知……

母女二人因为种种原因无法拒绝贾珍，见到贾琏的时候自然脸上"讪讪的"；贾琏心里清楚，却"反推不知"。这个时候，作者宕开一笔，去写兄弟两人的坐骑因为被拴在同一个马厩中而闹腾起来："二马同槽，不能相容，互相蹶踢起来。"

"二马同槽"尚且不能相容，西院混进来个珍大爷，贾琏却能视若无睹！可见脸红的虽是尤氏母女，真正被作者讽为牲畜不如的却是贾琏。

吃了几杯酒之后，贾琏"春兴发作"，便要掩门宽衣，谁知尤二姐却哭了：

> 我虽标致，却无品行。看来到底是不标致的好……我算是有靠，将来我妹子却如何结果？据我看来，这个形景恐非长策，要作长久之计方可。

二姐先检讨了自己，接着便表达了"我虽侥幸上岸，妹妹仍在沉浮"的担忧。贾琏一面安慰二姐，说自己不会计较她从前和贾珍的那些丑事，一面自告奋勇去破了贾珍乱伦的困局。

那么按照常理，贾琏可以有两条破局的思路：或者向贾珍宣誓主权、划清界限——将来尤氏姐妹就由我来全权负责，不劳大哥费心了；或者干脆要求贾珍也娶了三姐，给她一个名分——虽然这会让早已混乱不堪的家庭伦理关系变得更加混乱。

那么贾琏这次替小姨子"出头",到底是怎么对贾珍说的呢?原著写道:

> 贾琏便推门进去,笑说:"大爷在这里,兄弟来请安。"贾珍羞的无话,只得起身让坐。贾琏忙笑道:"……从此以后,还求大哥如昔方好;不然,兄弟能可绝后,再不敢到此处来了。"说着,便要跪下。慌的贾珍连忙挽起,只说:"兄弟怎么说,我无不领命。"贾琏……又拉尤三姐说:"你过来,陪小叔子一杯。"贾珍笑着说:"老二,到底是你,哥哥必要吃干这钟。"说着,一扬脖。

贾琏居然直接认怂了!"从此以后,还求大哥如昔方好;不然,兄弟能可绝后,再不敢到此处来了。"听听,这算什么话!贾琏解救三姐的方式,竟然就是叫贾珍把小花枝巷当成和宁国府一样!英文里面有一句招待客人的话叫"Make yourself at home",把我的家当成你自己的家一样。这当然只是一句客套话。而贾琏说这句话的时候却诚心实意到了给客人下跪的地步，简直是在"求"狼入室。难怪贾珍的表情要从刚开始的"羞的无话"，瞬间变作"无不领命"的笑靥了。

贾琏不是为了保护尤三姐而来的吗？他究竟为她做了些什么？他所做的仅仅是在尤三姐面前将自己的称谓从"姐夫"改成了"小叔子"，相当于口头上把三姐"许配"给贾珍了。贾琏这么做，事先问过三姐的意思吗？至于三姐算是贾珍的什么，兄弟俩没有说清楚，也都没有要说清楚的意思；那么贾琏这句"小叔子"，事实上不过是卸去了自己作为姐夫的责任，退居幕后，任由贾珍继续占三姐的便宜罢了。

尤氏姐妹不过是一对道具，是兄弟俩表演的"孔融让梨"的情操大戏中，表面上被推来搡去，私下里被你一口我一口的梨。又有谁会在意梨子的感受呢？

连牲畜出于本能尚且不能允许别的雄性随意出入自己的领地，两个尧街舜巷礼仪之邦的男人，却在用一场兄友弟恭的闹剧，遮盖着丧失殆尽的人伦。

此时的贾琏显然不愿意为尤氏姐妹和贾珍起冲突，那么我们又怎能指望他日后为了保护二姐去和秋桐甚至是凤姐对抗呢？

贾琏对二姐有"情"是真，但这份"情"本质上是廉价的。

（三）

于是三姐露出了峥嵘。她针对的目标首先就是贾琏：

> 尤三姐站在炕上，指贾琏笑道："你不用和我花马吊嘴的……你别油蒙了心，打谅我们不知道你府上的事。这会子花了几个臭钱，你们哥儿俩拿着我们姐儿两个权当粉头来取乐儿，你们就打错了算盘了。我也知道你那老婆太难缠，如今把我姐姐拐了来做二房，偷的锣儿敲不得。我也要会会那凤奶奶去，看他是几个脑袋几只手……倘若有一点叫人过不去，我有本事先把你两个的牛黄狗宝掏了出来，再和那泼妇拼了这命，也不算是尤三姑奶奶！喝酒怕什么，咱们就喝！"

贾琏和贾珍唱双簧的时候，还以为三姐会和二姐一样乖巧听话，做一个配合者，没想到三姐直接"跳反"了！

贾琏"割地赔款"，三姐却要坚决捍卫她们姐妹俩的主权！这个洞若观火的聪明女孩，三言两语便扯破了兄弟俩"亲情""婚姻"的遮羞布，露出了他们虚伪自私的真实底色："这会子花了几个臭钱，你们哥儿俩拿着我们姐儿两个权当粉头来取乐儿。"说得多好啊！他们对她们哪里有什么亲戚的情分？哪里又有什么丈夫的担当？二尤对他们来说，本质上不过是玩物而已。将来出了问题，他们自己作为男主人无论如何总能脱身。就如贾蓉最初替贾琏分析的那样："即或闹出来，不过挨上老爷一顿骂"，"再求一求老太太，没有不完的事"。他们替自己想好了退路，却没想过日后"闹出来"，真正要倒霉的是尤氏姐妹。这不也正是小说所说的正面的、一贯的世间法则吗？

小花枝巷最大的隐患，是凤姐这个暂时被蒙在鼓里的悍妇少奶奶。兄弟俩心知肚明，却装疯卖傻，对此绝口不提。三姐玉指轻拈，把这"房间里的大象"[①]给揪出来了，反倒令兄弟俩措手不及。关于凤姐，当二姐还做着"我只以礼待他，他敢怎么样"的春秋大梦时，三姐就已经预见

---

① 指虽然显而易见，却被集体故意忽视甚至隐瞒的重大事件。

了尤二姐和凤姐之间的那场生死大战。三姐是毫无畏惧的，她是要慨然迎战凤姐的，但她也绝对不会姑息这兄弟俩，因为这两个自私自利的家伙才是引发这场惨剧的元凶！

三姐短短几句话，不仅将形势分析得明明白白，而且归责明确、立场坚定。

兄弟俩玩了半辈子的女人，哪里见过一个女人有这等头脑眼光及口齿胆量？贾琏唬的"酒都醒了"，贾珍也后悔不迭。

这尤三姐松松挽着头发，大红袄子半掩半开，露着葱绿抹胸，一痕雪脯。底下绿裤红鞋，一对金莲或翘或并，没半刻斯文……自己高谈阔论，任意挥霍洒落一阵，拿他弟兄二人嘲笑取乐，竟真是他嫖了男人，并非男人淫了他。一时他的酒足兴尽，也不容他弟兄多坐，撵了出去，自己关门睡去了。

试问大观园中能否见到这幅奇观？尤三姐这一通表现，算是把"闺范"两个字反过来写了——浪、淫、泼、横，一点儿规矩也没有。在那个仅仅凭借"话多"一条罪名就可以理直气壮休妻的社会，一个闺中女儿竟敢和两个老爷们推杯换盏眉来眼去，而且"高谈阔论""拿他弟兄二人嘲笑取乐"……尤三姐绝对是时代的反叛者。

三姐何以有此等"见识"，何处修得如此老练，我们不得而知；但三姐显然绝非寻常闺阁女子，作者是将她按照"奇优名倡"的另类美学去塑造的。

这番大爆发过后，尤三姐彻底变身成了一块让贾珍和贾琏一筹莫展的烫手山芋：

> 自此后，或略有丫鬟婆娘不到之处，便将贾琏、贾珍、贾蓉三个泼声厉言痛骂，说他爷儿三个诓骗了他寡妇孤女……那尤三姐天天挑拣穿吃，打了银的，又要金的；有了珠子，又要宝石；吃的肥鹅，又宰肥鸭。或不趁心，连桌一推；衣裳不如意，不论绫缎新整，便用剪刀剪碎，撕一条，骂一句，究竟贾珍等何曾随意了一日，反花了许多昧心钱。

这段描写特别有意思。你若说尤三姐无理取闹吧，她其实是心如明镜的。三姐曾对姐姐说，咱们这对姐妹花，怎么能白白让那对无能的现世宝兄弟给玷污了去呢？况且贾府里有凤姐这么个人，将来咱们能不能活命还是个问题，不如趁现在好好糟蹋糟蹋这两兄弟找点乐子。否则将来白白担个臭名，就后悔也来不及了！

可你若说三姐是清醒的反抗吧，她所做的也只不过是让兄弟两人花些冤枉钱，让他们烦恼难堪罢了。这种惩罚比起尤氏姐妹所付出的生命的代价，显然是远不能相称的。再说了，三姐明明已经预见了自己姐妹和凤姐之间的生死之争，那么从现实谋划的角度，把从那对"现世宝"手中诓来的金银珠宝储备起来作为家底，无论如何也比白白糟蹋浪费掉理智得多吧。

那三姐的这些迷惑行为究竟该如何理解？我们会在本书第四部分专题探讨。对黛玉、晴雯、尤三姐这一类"不可救药的浪漫主义者"，我们如果从理性出发、以结果为导向来衡量的话，是永远无法理解她们的，更遑论欣赏了。

三姐的叛逆行为，无疑是有末日狂欢的成色的。而这种歇斯底里的背后，正是她绝不肯"遭庸人驱制驾驭"的桀骜个性，以及一种大大反传统的女性自我意识。

浪女回头

（一）

和贾珍兄弟大闹一场，捅破了窗户纸之后，尤三姐过了一段时间纵情挥霍的生活。

二姐认为把妹妹留在小"金屋"和贾珍厮混下去不是长久之计，便和贾琏商议把尤三姐嫁出去。贾琏却说：

> 前日我曾回过大哥（贾珍）的，他只是舍不得。我说："是块肥羊肉，只是烫的慌；玫瑰花儿可爱，刺大扎手。咱们未必降的住，正经拣个人聘了罢。"他只意意思思，就丢开手了。你叫我有何法。

三姐本来是贾珍的小姨，如今也成了贾琏的小姨。况且三姐和二姐之间的关系，显然比同尤氏近得多。然而此时贾琏想要发嫁三姐却仍要贾珍做主，足以见得贾珍作为族长和大哥那种高高在上的权威。

贾琏的话特别有意思，他竟然向二姐"自爆"了兄弟俩最真实的想法。原来三姐是"肥羊肉""玫瑰花"，是供他们兄弟享用和把玩的！贾琏的话完全是从兄弟俩的欲与利出发的，完全是在物化三姐，并无一个字关切到她自己的自由和幸福。

贾珍、贾琏如果是当着三姐的面这样说二姐，恐怕又要挨一顿劈头盖脸的花式臭骂。而将姐妹俩换一换位置，二姐竟然完全不觉得两兄弟的话里有什么问题！

二姐提出了一个很有创意的建议：先做三姐的思想工作，一旦三姐本人同意出嫁，就"让他自己闹去"。只要贾珍觉得拿她没办法，就只能把她聘出去。

太有趣了！

你能想象有人在林黛玉身上想出同样的主意，"让他自己闹去"，闹得家人没有办法，只好把她嫁给宝玉吗？那简直成了天方夜谭！不要说闹，林黛玉就连略微流露一下自己的心事，也是绝大的禁忌。那可是个婚姻包办、恋爱有罪的社会。黛玉的亲外祖母就曾经清楚表态：有了那种想法的女人便"鬼不成鬼，贼不成贼"[1]，凭她有多少好处也不算了！在"自由恋爱"这个词被发明出来之前，"自由恋爱"的名字就是"淫"。贾史王薛那等仕宦勋贵的家庭，又怎么可能容许这种有辱门楣的事情发生呢？

因此，似三姐这般没规没矩、无礼无节的女性，的确只可能出现在尤家这种没落的小户人家里了。

第二天，二姐和贾琏特意请三姐吃饭喝酒，聪明的三姐立刻明白了他们是要来教育感化自己的，便主动开口，滴泪说道：从前的"丑事"就翻篇吧，说也无益。眼下要解决的问题是这个地方已经不欢迎自己了，因此"我也要自寻归结去，方是正理"。

紧接着三姐发表了一番自己对婚姻的看法：

> 终身大事，一生至一死，非同儿戏。我如今改过守分，只要我拣一个素日可心如意的人方跟他去。若凭你们拣择，虽是富比石崇，才过子建，貌比潘安的，

---

[1]《脂砚斋重评石头记庚辰本》第五十四回。

我心里进不去，也白过了一世。

"终身大事，一生至一死，非同儿戏……"这段话掷地有声，每一个字都在针砭当时那种开盲盒式的世俗婚姻制度。尤三姐认为婚姻应该是谨慎的选择和一生一世的承诺。她还觉得婚恋不应该基于财富、才学或者长相这些外在条件的匹配，而是在于"可心如意"。一言以蔽之，她只要爱情。

因此三姐坚决不肯让家人为她安排婚事，一定要让爱情去选择，让心去选择。

这话如果放在当代来说，大家大概会觉得挺正常的，没什么出格之处。但这些话可是说在三百年前！这种爱情至上的理念，这番追求自由恋爱的宣言，在礼教治下的社会实在是太大胆、太超前、太叛逆了。

尤二姐如若有点悟性，听了这番话，难道不应该为自己随随便便接受了贾琏的挑逗和求婚而感到脸红吗？

然而话说回来，苟且着的"尤二姐"们才是大多数。在任何时代，爱情都是一件奢侈品。执着追求它的是自古以来真正的勇士们，他们中的很多人付出了极大的牺牲。

就连尤三姐本人，恐怕最终都逃不过一句追问：值吗？

（二）

正当读者和书中人物一样，对尤三姐的意中人究竟是谁感到无比好奇的时候，叙事的节奏突然放慢了一些——作者故意释放了宝玉这个"烟雾弹"。先是贾琏猜测尤三姐看上了宝玉，二姐和尤老娘听了也都觉得有道理。没想到尤三姐却"啐了一口，道：'我们有姊妹十个，也嫁你弟兄十个不成？难道除了你家，天下就没了好男子了不成！'"

骂得坚决，骂得痛快。三姐对于那两个嫁入贾府苟且偷安的姐姐们的生存状态，是十分不以为然的；对两个姐夫更是满心鄙夷。但是在姐姐出于好心替她办的酒席上，三姐还是给东道主夫妇留足了面子。"难道除了你家，天下就没了好男子了不成！"她不仅对贾珍、贾琏网开一面，甚至还给他们颁发了"好男子"认证。三姐是一个说话很讲究场合、很有分寸的人。和作者一样，她也会说一些场面话、假话，我们须反过来听。

排除了宝玉之后，众人都想不出来三姐还能看上谁。

尤三姐笑道："别只在眼前想，姐姐只在五年前想就是了。"

就在这个时候，贾琏的心腹兴儿叫走了贾琏。尤氏姐妹便和兴儿闲聊，向他打听一些贾府里的情况。先是尤二姐问他凤姐如何厉害，家里的老太太、妯娌都是什么情况，兴儿果然说了许多关于凤姐、平儿、宝钗、黛玉、探春等人的段子。接着尤三姐突然插了一句嘴，把话题引到了宝玉身上：

> 尤二姐才要又问，忽见尤三姐笑问道："可是你们家那宝玉，除了上学，他作些什么？"兴儿笑道："姨娘别问他，说起来姨娘也未必信。他长了这么大，独他没有上过正经学堂。我们家从祖宗直到二爷，谁不是寒窗十载，偏他不喜读书。老太太的宝贝，老爷先还管，如今也不敢管了。成天家疯疯颠颠的，说的话人也不懂，干的事人也不知。外头人人看着好清俊模样儿，心里自然是聪明的，谁知是外清而内浊，见了人，一句话也没有。所有的好处，虽没上过学，倒难为他认得几个字。每日也不习文，也不学武，又怕见人，只爱在丫头群里闹。再者也没刚柔，有时见了我们，喜欢时没上没下，

大家乱顽一阵；不喜欢各自走了，他也不理人。我们坐着卧着，见了他也不理，他也不责备。因此没人怕他，只管随便，都过的去。"尤三姐笑道："主子宽了，你们又这样；严了，又抱怨。可知难缠。"尤二姐道："我们看他倒好，原来这样。可惜了一个好胎子。"尤三姐道："姐姐信他胡说，咱们也不是见一面两面的，行事言谈吃喝，原有些女儿气，那是只在里头惯了的。若说糊涂，那些儿糊涂？姐姐记得，穿孝时咱们同在一处，那日正是和尚们进来绕棺，咱们都在那里站着，他只站在头里挡着人。人说他不知礼，又没眼色。过后他没悄悄的告诉咱们说：'姐姐不知道，我并不是没眼色。想和尚们脏，恐怕气味熏了姐姐们。'接着他吃茶，姐姐又要茶，那个老婆子就拿了他的碗倒。他赶忙说：'我吃脏了的，另洗了再拿来。'这两件上，我冷眼看去，原来他在女孩子们前不管怎样都过的去，只不大合外人的式，所以他们不知道。"

兴儿将宝玉的疯癫糊涂大肆调侃了一番，尤二姐也应声附和。三姐却提出了不同的看法。在贾敬的丧礼上，尤氏姐妹和宝玉曾经有过几次短暂的接触。从和尚绕棺和二姐吃茶两个小小的细节，三姐看出来宝玉根本不是个糊涂的人，只不过别人看不懂罢了。

尤二姐听说，笑道："依你说，你两个已是情投意合了。竟把你许了他，岂不好？"三姐见有兴儿，不便说话，只低头嗑瓜子。

尤二姐也不管外人兴儿在旁边，竟然再度和尤三姐开起了宝玉的玩笑。"你两个已是情投意合了"，等于说自己的亲妹子和别人有私情，这是多么严重的指控！"竟把你许了他"，听上去倒像她真能主宰国公府贵公子的婚姻大事似的，又显得多么轻薄！尤二姐说话颠三倒四、不着边际，还连累了亲妹子。她似乎已经忘了，三姐几分钟前刚刚严正声明过，自己看上的人压根不是宝玉！

虽然二姐不知道顾全妹妹的颜面，三姐却用沉默保全了姐姐的颜面。

兴儿笑道："若论模样儿行事为人，倒是一对好的。

只是他已有了，只未露形。将来准是林姑娘定了的……"

　　兴儿说宝玉和三姐倒是很般配。作者为什么要在短短几百字之内，借三个不同的人之口说三姐和宝玉"是一对"？

　　我认为这么写可谓一箭三雕。

　　首先，三姐和宝玉之间本来就存在对照的关系，三姐可以说是一个世俗版本的女宝玉，这点我们在本书第四部分还会有专题讨论；其次，作者写三姐对宝玉的"冷眼"观察，实际上对她五年前不声不响地爱上某个男子的事做了巧妙的补全；最后，作者还顺带将三姐的聪慧精细和二姐的糊涂大意进行了一波极致的对比。

　　很大程度上，尤二姐是作为一个更凡俗的存在，用来衬托三姐的。

　　和宝玉的短暂接触中，两姐妹都在现场。二姐什么都没看到、没想到，三姐却看到、想到了很多东西，这就是"巨眼"。兴儿在场，二姐信口说出十分不得体的话，三姐却选择了默默忍受不白之冤，这是三姐直率泼辣的外表之下，沉稳大气的性格底色。

　　三姐是个果决之人，但她绝不是一个冲动之人。

（三）

又过了一天，尤三姐的心上人终于揭晓。

贾琏要去平安州出差，来和二姐道别：

尤二姐道："既如此，你只管放心前去，这里一应不用你记挂。三妹子他从不会朝更暮改的。他已说了改悔，必是改悔的。他已择定了人，你只要依他就是了。"贾琏问是谁，尤二姐笑道："这人此刻不在这里，不知多早才来，也难为他眼力。自己说了，这人一年不来，他等一年；十年不来，等十年；若这人死了再不来了，他情愿剃了头当姑子去，吃长斋念佛，以了今生。"贾琏问："到底是谁，这样动他的心？"二姐笑道："说来话长。五年前我们老娘家里做生日，妈和我们到那里与老娘拜寿。他家请了一起串客，里头有个作小生的叫作柳湘莲，他看上了，如今要是他才嫁。旧年我们闻得柳湘莲惹了一个祸逃走了，不知可有来了不曾？"贾琏听了道："怪道呢！我说是个什么样人，原来是他！果然眼力不错。你不知道这柳二郎，那样一个标致人，最是冷面冷心的，差不多的人，都无情无义。他最和宝玉合的来。去年因打了薛呆子，他不好意思见我们的，不知那里去了一向。后来听见有人说来了，不知是真是假。一问宝玉的小子们就知道了。倘或不来，他萍踪浪迹，知道几年才来，岂不白耽搁了？"尤二姐道："我们这三丫头说的出来，干的出来，他怎样说，只依他便了。"

二人正说之间，只见尤三姐走来说道："姐夫，你只放心。我们不是那心口两样的人，说什么是什么。若有了姓柳的来，我便嫁他。从今日起，我吃斋念佛，只伏侍母亲，等他来了，嫁了他去，若一百年不来，我自己修行去了。"说着，将一根玉簪，去作两段，"一句不真，就如这簪子！"说着，回房去了，真个竟非礼不动，非礼不言起来……果见（尤）小妹竟又换了一个人……

谜底揭晓了：原来五年前，尤三姐是在自己外婆的生日宴会上看上了客串小生的柳湘莲。虽然湘莲此刻不在这里，也不知道什么时候才来，但三姐已经下定决心，他来了便嫁他，若他不来，她宁可自己剃了头当尼姑，也绝不会改弦易辙另嫁他人。

请大家记住这些话，非常关键。尤二姐这样说三姐："三妹子他从不会朝更暮改的。""我们这三丫头说的出来，干的出来。"而三姐则这样表明自己的心志："我们不是那心口两样的人，说什么是什么。"

前面三姐已经表过态，她对婚姻是十分慎重的，将之视作生死之间最大的承诺。如今三姐已经做出了这个承诺，她便要用自己的一生去践行这个承诺。因此择夫就成了三姐人生中最关键的那个转折点。

离经叛道的三姐从此"换了一个人"，变得"非礼不动，非礼不言起来"。

后来贾琏从平安州回来，亲眼见证了三姐的改变：

> 他小妹子果是个斩钉截铁之人，每日侍奉母姊之余，只安分守己，随分过活。虽是夜晚间孤衾独枕，不惯寂寞，奈一心丢了众人，只念柳湘莲早早回来完了终身大事。

三姐的前后变化大体上是符合当今社会"婚后忠贞"的道德观念的。即使在传统的语境中，择夫后的那个新的尤三姐，也做到了为湘莲守节。然而三百年前的中国社会，真的能给她这个悔过自新的机会吗？

悲壮的谢幕

（一）

　　七月初贾琏去平安州出差，在路上遇见了柳湘莲，便催促他定下了和尤三姐的婚事。

　　此前，柳湘莲离开京城已经有整整一年的时间了。他离开的原因之一，是受不了薛蟠的侮辱和调戏，一气之下将薛蟠骗出城外暴打了一顿。回目中称，湘莲这位冷郎君是因为"惧祸"而"走他乡"的。打人的惧祸潜逃，被打的也觉得丢人，找了个借口南下经商去了。好巧不巧，一年后在回京城的路上，两个冤家又碰在了一起。

　　作者的生花妙笔偏不让他们再起冲突，而是瞬间化敌为友了，居然结拜了生死弟兄。原因是柳湘莲拔刀相助，打跑了打劫薛蟠商队的盗匪，救了呆霸王一命。薛蟠满腔热情，从此要和湘莲好好处兄弟：

> 从此后我们是亲弟亲兄一般……我先进京去安置
> 了我的事，然后给他寻一所宅子，寻一门好亲事，大
> 家过起来。

两人不仅冰释前嫌，而且称兄道弟，颇有"大块吃肉，大碗喝酒"的壮志豪情。这可能是整部《红楼梦》中最有"水浒气"的一段了。脂批曾称此类难得的"侠文"，可为红楼金闺"间色"[①]，评得真真不错。

因着这火热的兄弟情，当贾琏提出要把自己新娶的尤氏的妹妹许配给他的时候，湘莲竟然不假思索地一口应承下来：

> 我本有愿，定要一个绝色的女子。如今既是贵昆仲
> 高谊，顾不得许多了，任凭裁夺，我无不从命。

---

① 《脂砚斋重评石头记庚辰本》第二十六回眉批："紫英豪侠小小一段，
　　是为金闺间色之文（朱批）……写倪二、（紫）英、湘莲、玉菡侠文，
　　皆各得传真写照之笔（畸笏叟墨批）。"

若是这番热情能够维持到柳湘莲稀里糊涂娶了尤三姐，那《红楼梦》或许也不至于是一个彻头彻尾的悲剧了。然而那个率性真情、快意恩仇的柳湘莲，那个可以将意图侵犯自己的恶霸认作大哥的柳湘莲，在女人的问题上却疑神疑鬼、出尔反尔起来。

　　七月初定亲时，柳湘莲提到自己要去探望姑妈一趟，七月中旬就进京，实际上他一直晃荡到八月才来。一个月的时间里，湘莲心中已然生出疑窦：自己无钱无势，尤三姐既然是品貌无双的，她家上赶着要和自己定亲究竟是图什么呢？他因此开始后悔留下了祖传的鸳鸯剑做定礼，并找来宝玉打探消息：

　　　　宝玉道："你原是个精细人，如何既许了定礼又疑惑起来？你原说只要一个绝色便罢了，何必再疑？"湘莲道："你既不知他娶，如何又知是绝色？"宝玉道："他是珍大嫂子的继母带来的两位小姨。我在那里和他们混了一个月，怎么不知？真真一对尤物，他又姓尤。"

　　湘莲这才知道尤氏双艳其实就是宁国府贾珍的小姨

子，便跌足道：

> 这事不好，断乎做不得了。你们东府里除了那两
> 个石头狮子干净，只怕连猫儿狗儿都不干净。我不做
> 这剩忘八……

湘莲于是拔腿直奔小花枝巷要求退婚。

关于柳湘莲的性格和思想，我们会放在本书第四部分
的专题中细说。不过我们一气读到这，不难发现一个问题：
柳湘莲此刻的悔婚，和他此前于旅途中和薛蟠结拜、对贾
琏的提亲一口应允是一脉相承的，构成了同一个充满"水
浒气"的故事。兄弟之间自当一诺千金、誓同生死，至于
女人嘛，可以取之，可以弃之，甚至可以杀之，又有什么
了不起？

（二）

另一边，尤三姐七月中收到了湘莲的鸳鸯剑：

> 上面龙吞夔护，珠宝晶荧，将靶一掣，里面却是

两把合体的。一把上面錾着一"鸳"字，一把上面錾着一"鸯"字，冷飕飕，明亮亮，如两痕秋水一般。三姐喜出望外，连忙收了，挂在自己绣房床上，每日望着剑，自笑终身有靠。

三姐的幸福来得太快。她本做好了为他守候一生的准备，没想到仅仅等了半个月就等到了。

为她的爱情做"定"的鸳鸯剑是两把合体的。可怜三姐只看到了"鸳鸯"之喻的美好，却不曾想到"剑"才是命运安排他们成双的方式。

果然，又过了半个月事情就反转了：柳湘莲来到小花枝巷，以姑妈四月间已经为自己订了亲为借口，执意要和尤家退婚，索回鸳鸯剑。三姐在房里听见湘莲反悔，便猜到了八九：

> ……今忽见反悔，便知他在贾府中得了消息，自然是嫌自己淫奔无耻之流，不屑为妻。今若容他出去和贾琏说退亲，料那贾琏必无法可处，自己岂不无趣。一听贾琏要同他出去，连忙摘下剑来，将一股雌锋隐

在肘内，出来便说："你们不必出去再议，还你的定礼。"一面泪如雨下，左手将剑并鞘送与湘莲，右手回肘只往项上一横。

古代女孩子被人退亲乃是奇耻大辱，因此"无趣"二字不能当成现代语境下的"没意思"来理解。

三姐做出了死的决定，就不会给别人阻止她的机会。她将鸳鸯剑的鸯剑藏在手臂内侧，左手将鸳剑连同剑鞘还给柳湘莲。就在柳湘莲接剑而来不及做出反应的时候，尤三姐迅速地了结了自己的性命。真性真情的尤三姐，说死就是真的死，一点"作秀"的成分也没有。话也说得十分干净："你们不必出去再议，还你的定礼。"

没有解释，没有争辩。懂的人何须解释？而若是不懂，解释又有何益？我们人生中的多少喋喋不休，都不过是愚蠢的浪费时间而已。

其实"泪如雨下"四个字的描写也是神来之笔。尤三姐自刎可不同于杜十娘怒沉百宝箱——没有人会在怒火中烧时泪如雨下的。然而三姐自刎也并非因为惭愧——惭愧会让人想找个角落躲起来，而不是跑到冲突的最前线。三姐死时的心情，应该是极度的悲伤和失望。

> 揉碎桃花红满地，玉山倾倒再难扶。
>
> 芳灵蕙性，渺渺冥冥，不知那边去了。

作者把血腥的死亡场面，描写得这样绝美！他在这个超凡绝俗的女子身上，寄予了多么深厚的偏爱和同情啊！

三姐自刎后，还有一段小小的后续，写尤家三口人同柳湘莲的表现：

> 尤老一面嚎哭，一面又骂湘莲。贾琏忙揪住湘莲，命人捆了送官。尤二姐忙止泪反劝贾琏："你太多事，人家并没威逼他死，是他自寻短见。你便送他到官，又有何益，反觉生事出丑。不如放他去罢，岂不省事。"贾琏此时也没了主意，便放了手命湘莲快去。湘莲反不动身，泣道："我并不知是这等刚烈贤妻，可敬，可敬。"湘莲反扶尸大哭一场。等买了棺木，眼见入殓，又俯棺大哭一场，方告辞而去。

尤三姐的出场即谢幕，如中宵惊雷，猛然击中了湘莲。将三姐称作"贤妻"，表明湘莲的内心此时已经彻底接纳了尤三姐。这不是应激反应，而是一种彻底的醒悟和反转：他此前只顾着挑剔月亮上的阴影，却错过了月亮的光辉。

有人说作者安排柳湘莲出家是对尤三姐的悲悯，不舍得这么美好的少女白白死去。也有人认为柳湘莲出家实属冤枉，一个失足少女哪里值得柳少侠为她丢了大好前程？

要我说，柳湘莲出家其实是作者对湘莲本人的悲悯。

湘莲的偏执和鲁莽，刹那间断送了三姐的生命，更断送了自己一生的幸福。在目睹了如此勇敢的爱憎，经历了这样慷慨的生死之后，如果柳湘莲还能继续心安理得地浪迹江湖，那岂不真成了全无心肝的一介莽夫？

（三）

三姐犯了一个致命的错误：恋爱和婚姻讲究的是你情我愿。

三姐口口声声说："若有了姓柳的来，我便嫁他……若一百年不来，我自己修行去了。"她只想到湘莲来与不来，为何不曾想过如果湘莲来了却不肯娶她怎么办？果敢精细的三姐，怎么出现了这么明显的逻辑漏洞？

三姐太自信了，然而她高估的并不是她自己——无论是贾琏还是宝玉，都认为三姐堪配湘莲，甚至，她可能是下嫁了。三姐高估的是湘莲，亦或者，她低估了社会的伦理成见对一个凡人头脑的控制力。

（四）

自刎，无疑是一种最悲壮、最具有震撼力的谢幕方式。尤三姐很可能是书中唯一一个做出这种选择的角色[1]，也只有这种选择才最适合她。

就像作者创作出黛玉和宝钗这两个极度反差的角色，又把她们放在同一首判词里，并让她们最终结为姐妹而产生"合一"一样，作者创造出尤二姐和尤三姐这两个极度反差的角色，又让她们做了同一个泥沟里开出来的一对姐妹花。所不同的是，薛林之间各极其妙、难分高下，而二姐和三姐之间却存在明显的强弱差别。尤二姐，从创作的

---

[1] 程高本后四十回中有潘又安为司棋自刎殉情的情节，但在原著中潘又安早已惧祸逃走，故笔者认为续作情节并不可信。

角度来讲，在相当大的程度上就是为了陪衬三姐而存在的。就连自杀这件事上也不例外。

三姐自杀之后，贾琏要拉着柳湘莲去见官，二姐反而劝道："你太多事，人家并没威逼他死，是他自寻短见。你便送他到官，又有何益，反觉生事出丑。不如放他去罢，岂不省事。"绑人"多事"，送官"生事"，放走"省事"——尤二姐做人做事的标准，就是要省事、要安静、要干净，总之不要制造任何麻烦。既不要给自己制造麻烦，也不要给别人制造麻烦。后来轮到二姐自己自尽的时候，也依然是一样的思路：

> 何必受这些零气，不如一死，倒还干净。常听见人说，生金子可以坠死，岂不比上吊自刎又干净。

死了比活着"干净"，吞金死又比上吊自刎死"干净"……

尤二姐吞了生金子之后，一面忍受着中毒的剧痛，一面还要穿戴打扮整齐了才爬上炕去躺下。连最后的手续，她也替亲人和仇人们一并完成了。"当下人不知，鬼不觉"，

"省事"到了极点。

尤三姐则正好相反，她的一生，偏是要"生事"。她站在炕上指着鼻子骂贾珍、贾琏是"生事"，勾引作践贾家的男人们也是"生事"，在柳湘莲面前用鸳鸯剑自刎还是"生事"——她就是要给你制造麻烦，就是要让你不自在，就是要你付出代价！她活要活得轰轰烈烈，死也要死得石破天惊。你可能爱她爱得无法自拔，也可能恨她恨得咬牙切齿，但你绝对做不到忽视她的存在，你与她的相遇绝不可能云淡风轻。这样的女子，是注定要在你的心上留下一道深深的辙痕的。

看惯了宝钗守拙藏愚的处世，看惯了黛玉极度压抑的爱情，《红楼梦》的世界中原来还有一种说嫁就非你不嫁，说死便死在你眼前，一往无前、潇洒利落的人生，简直叫人眼前一亮，爽快到了极点！

据说，柳湘莲是红楼"四侠"[①]之一；那么尤三姐自己，又何尝不是红楼一位女侠！

[①]《脂砚斋重评石头记庚辰本》第二十六回畸笏叟墨批："写倪二、（紫）英、湘莲、玉菡侠文，皆各得传真写照之笔。"

她的出现，向浓雾深锁的金闺照进了一抹耀眼的光，将人性的善恶美丑和盘托出。

她鄙夷一切的文饰和扭捏。

她拒绝被愚弄，更拒绝被驯化。

她展示了当时的女性精神世界的一种全新的可能性。

"自相矛盾"的两次托梦

（一）

"托梦"这类情节作者是轻易不写的，写则必有深意。

作为金陵十二钗正主之一，秦可卿的戏份非常有限。尽管作者在修改过程中对秦可卿之死进行了移花接木的大调整，但有一点是没有变的：秦可卿早在全书第十三回就香消玉殒了，这大大压缩了她的"表现机会"。她的聪明能干、她的温柔待人，我们只能从书中其他角色的反应，甚至是从她死后其他角色的反应中窥豹一斑。于是作者给她安排了一次关键的托梦情节。在凤姐的梦中，秦可卿为贾府指明了一条退路。其中的深思熟虑、用心良苦，令这个人物形象变得立体和厚重了。

除了秦可卿，《红楼梦》前八十回去世的年轻女子还有七位。若算上男人以及年纪较大的女性，则死亡人数超过二十位。次要一些的女孩如金钏儿、柳五儿根本没有托梦一说。我们也曾提到过十二位"又副钗"之首，也就是丫鬟之首晴雯，死后只对宝玉说了一句不痛不痒的"你们好生过罢，我从此就别过了"。以作者对于雷同情节的近乎强迫症的规避，不难想见在死亡事件密集的后三十回，托梦的"名额"会是极其抢手的，何况去世时与宝玉天各一方的林黛玉很可能悄悄"预约"了一个名额。

所以，作者给三姐安排两次分量十足的托梦，也可算是他偏爱这个人物的又一个印证了。

（二）

三姐的故事并没有随着她突如其来的死亡而结束。

目睹了三姐自刎之后，湘莲陷入了一种神思恍惚的状态：

忽听环佩叮当，尤三姐从外而入，一手捧着鸳鸯剑，一手捧着一卷册子，向柳湘莲泣道："妾痴情待君五年矣，不期君果冷心冷面，妾以死报此痴情。妾今奉警幻之命，前往太虚幻境修注案中所有一干情鬼。

妾不忍一别，故来一会，从此再不能相见矣。"说着便走。

三姐出现的时候一手捧着鸳鸯剑，一手捧着一卷册子。开口依旧一字千金，短短几句话交代清楚了两件关键的事：自己自杀的原因，以及死后的去向。

三姐是为"情"而死的。她的五年痴情并没有获得接纳，故而"以死报此痴情"。三姐之死和误会不误会没有关系，和清白不清白也没有关系。

后面几句话更为关键：三姐透露自己奉警幻之命，要"前往太虚幻境修注案中所有一干情鬼"。这太令人惊奇了！除了一僧一道两位红楼"NPC"，三姐是第一个在人间说出"警幻"和"太虚幻境"这些关键词的人物。和晴雯做了芙蓉花神的谎言不同，三姐去做了神仙在作者的安排中是真实的。她手中的册子，是"金陵十二钗册籍""警幻情榜"，还是其他什么典籍呢？不管是什么，有一点是可以确定的：三姐得到了警幻的重用。

一个在生前不见拿过一纸一笔的女子，死后居然干起了文官和史官的活儿。一个被许多读者视作"淫妇""破鞋"

的女子，在作者的心目中竟有资格去指点江山，评判"所有一干情鬼"——包括宝玉、黛玉和宝钗！

交代完最后的话，三姐转身就要走。这次反过来是柳湘莲想要纠缠她：

> 湘莲不舍，忙欲上来拉住问时，那尤三姐便说："来自情天，去由情地。前生误被情惑，今既耻情而觉，与君两无干涉。"说毕，一阵香风，无踪无影去了。

何等决绝！三姐的离去是既令人心痛又令人振奋的觉醒，是铿锵有力的女性独立宣言！

> 湘莲警觉，似梦非梦，睁眼看时，那里有薛家小童，也非新室，竟是一座破庙，旁边坐着一个跏腿道士捕虱。湘莲便起身稽首相问："此系何方？仙师仙名法号？"道士笑道："连我也不知道此系何方，我系何人，不过暂来歇足而已。"柳湘莲听了，不觉冷然如寒冰侵骨，掣出那股雄剑，将万根烦恼丝一挥而尽，便随那道士，不知往那里去了。

《红楼梦》以梦为名，对梦境的描写是登峰造极的。三姐之事对于湘莲来说发生于电光石火之间，一步踏空，便从天堂坠入炼狱。在巨大的刺激下，人常会有一种仿佛时间停滞了一般的错觉，还真就是"昏昏默默""似梦非梦"。

如梦似幻之间，柳湘莲看到了薛蟠为他置办的，本来应该为他们承载一个幸福未来的新房，听到了三姐的环佩叮当。三姐消失之后，湘莲才发现刚才的新房原来只是一座破庙而已。短短四百字之内，作者又翻转了一次风月鉴，又让我们体验了一次幻灭。

这破庙旁"恰巧"有一个"跏腿道士"，"恰巧"对迷失的柳湘莲说出了一句大有深意的话："连我也不知道此系何方，我系何人，不过暂来歇足而已。"

人生在世本来不过是须臾的过客，"此系何方""我系何人"这样执着于"名"的问题，本身不就是一种痴迷不悟吗？这句机锋棒喝触发了迷津中的柳湘莲的顿悟和出家，实在是非常顺理成章的。

这次道士是"跏腿"，也就是盘坐着出现的。这一次，他显然已经等候多时了。一僧一道虽然一直在试图度化书中不同的人物，而且分工明确——僧度女子，道度男性；

但他们的出场虚虚实实，每次都不相同，真如云龙化雨，变化万千。归根结底，疯癫、癞头、跛脚，都只不过是他们在人间的幻象罢了。正如脂砚斋所批："僧道踪迹虚实，幻笔幻想，写幻人于幻文也。"①

（三）

三姐死后，凤姐得知了贾琏偷娶尤二姐的消息。她趁贾琏再次出差去平安州的时机，将尤二姐连哄带骗挪进荣国府圈禁起来，暗地里百般折磨。

那尤二姐原是个花为肠肚雪作肌肤的人，如何经得这般磨折，不过受了一个月的暗气，便恹恹得了一病，四肢懒动，茶饭不进，渐次黄瘦下去。

就在这个时候，三姐又出现了：

夜来合上眼，只见他小妹子手捧鸳鸯宝剑前来说：

---

① 《脂砚斋重评石头记庚辰本》第二十五回眉批。

"……此亦系理数应然，你我生前淫奔不才，使人家丧伦败行，故有此报。你依我将此剑斩了那妒妇，一同归至警幻案下，听其发落。不然，你则白白的丧命，且无人怜惜。"尤二姐泣道："妹妹，我一生品行既亏，今日之报既系当然，何必又生杀戮之冤。随我去忍耐。若天见怜，使我好了，岂不两全。"小妹笑道："姐姐，你终是个痴人。自古'天网恢恢，疏而不漏'，天道好还。你虽悔过自新，然已将人父子兄弟致于麀聚之乱，天怎容你安生。"

三姐先向二姐揭露了凤姐的真面目——口蜜腹剑、杀气腾腾；继而给二姐提供了解决方案——用鸳鸯剑斩了凤姐，再同她一起回到离恨天，听候警幻发落。二姐却很认命，说自己落到这个地步是自作自受，又何必再去杀别人？三姐见姐姐自甘受辱，只好"长叹而去"。

这段托梦写得非常好，非常符合尤三姐的作风——开门见山、干脆利落。然而有两句话除外："此亦系理数应然，你我生前淫奔不才，使人家丧伦败行，故有此报。""自古'天网恢恢，疏而不漏'，天道好还。你虽悔过自新，然已将人父子兄弟致于麀聚之乱，天怎容你安生。"

三姐是那样一个清醒的思想者，自诩"金玉一般的人"，看得透贾珍、贾琏这对"现世宝"在白白糟蹋自己姐妹；三姐是那样一个无畏的战士，不仅要把贾家兄弟的"牛黄狗宝掏了出来"，还要去和凤姐拼命……如今她怎么一反常态，自认"淫奔不才"，受到惩罚也是活该报应了？

三姐以生命为代价换来的觉醒，难道就是向宗法伦理缴械投降？

我们在本书第一部分曾梳理过《红楼梦》的大框架和世界观，包括"正邪两赋"理论、"风月宝鉴"的寓言和补天遗石的神话。我们还提过《红楼梦》这部小说就和"风月宝鉴"一样，不能老盯着正面看。

小说作者以及书中人物经常有话不能好好说，甚至公然说"假话"、说反话，而这种情况往往涉及一种伦理困境。也就是说，书正面的"假话"往往代表着当时社会正统的立场，例如贾府是被秦可卿这样美貌风流的女性败了家的，又如大观园是因为晴雯、芳官这样的"狐狸精"而堕落的。将尤氏姐妹说成是贾府男人们聚麀的罪魁祸首，因此她们的悲惨下场是罪有应得的，这显然也是写在小说正面的"假话"。用脂砚斋提倡的"反文着眼"的方法去看这段文字，它其实是对这种不公平近乎绝望的控诉。

（四）

尤三姐本来就是一个常常说"假话"、说反话的人。

举个例子，尤二姐嫁给贾琏之后，三姐如何看待姐姐的处境呢？她曾经这样提醒姐姐：

> 他家有一个极利害的女人，如今瞒着他不知，咱们方安。倘或一日他知道了，岂有干休之理，势必有一场大闹，不知谁生谁死……

她自己更是做好了披挂上阵的准备：

> 倘若有一点叫人过不去，我有本事……和那泼妇拼了这命，也不算是尤三姑奶奶！

三姐头脑极其清醒，判断极其准确：凤姐与尤氏姐妹之间是生死之争，尤二姐性命堪忧，而贾珍、贾琏兄弟是根本指望不上的。

然而不久之后在贾琏夫妇主办的宴席上，三姐的说法突然发生了一百八十度大转变："既如今姐姐也得了好处安身，妈也有了安身之处……"

偷偷摸摸不见天日的小花枝巷，怎么突然成了尤二姐和尤老娘安身立命的好地方？尤三姐是糊涂了吗？

可是她又能说什么呢？尤老娘对这门亲事非常满意，尤二姐也对贾琏死心塌地："我生是你的人，死是你的鬼，如今既作了夫妻，我终身靠你……我算是有靠……"

宴席上三姐之外的三个人，早就达成了一个共识：尤二姐的人生已经有了着落，现在的大麻烦是尤三姐的出路问题。在这种时候，去说那些不中听的大实话，除了让在场的所有人尴尬，又能解决什么现实问题呢？

尤二姐和尤三姐在精神层面是完全无法对话的。三姐此前对姐姐做出的"凤姐预警"，完全被当成了耳旁风；当三姐表达自己的婚姻志向时，二姐也并不能领会。二姐虽然了解妹妹的性格脾气，却对她的思想一无所知。

三姐说"姐姐也得了好处安身"，不过是顺着尤二姐的思维方式，说着尤二姐的话罢了。英文对此有一个特别贴切的说法是"speak their language"，直译过来就是"说他们的语言"。当听众的思想世界与我们天差地别时，"说他们的语言"可能是沟通的唯一方式。而在"说他们的语言"时，不得不咽下残酷的真相，这向来是清醒者们共同的悲哀。

作者把那些荒诞的世俗准则挂在嘴边，本质上不也是咽下了残酷的真相，去"说他们的语言"吗？在当时的社会，作者孤绝的处境和三姐多么相似！

（五）

尤三姐说话是分场合、分听众的。

尤三姐在二姐的梦中出现，目的是想要劝说二姐和自己一起回离恨天——她当然只能说尤二姐的语言。所以要弄明白三姐话里的意思，我们只需要搞清楚听众尤二姐的心态就可以了。

书中是这样评价尤二姐的：

> 无奈二姐倒是个多情人，以为贾琏是终身之主了，凡事倒还知疼着痒。若论起温柔和顺，凡事必商必议，不敢恃才自专，实较凤姐高十倍；若论标致，言谈行事，

也胜五分。虽然如今改过，但已经失了脚，有了一个"淫"字，凭他有甚好处也不算了。

这段话十分有意思，这究竟是谁对二姐的评价呢？是男主人贾琏吗？并不是。因为紧接着作者便写道：

> 偏这贾琏又说："谁人无错，知过必改就好。"故不提已往之淫，只取现今之善……

贾琏这个人，偏生在节操问题上是很开明的。

其实，无论是夸二姐"温柔和顺""不敢恃才自专""较凤姐高十倍"，还是因为一个"淫"字而把她的一切优点一笔勾销，都是小说"正面"的世俗成见。只可惜，尤二姐本人应该是相当顺从这类世俗成见的。

在小花枝巷，她曾经流着泪对贾琏说："我虽标致，却无品行。看来到底是不标致的好。"

来到荣国府，她默默忍受来自凤姐和秋桐不断升级的虐待和羞辱，至死也不愿意放弃那个"贤良"的虚名。

这样的一个尤二姐，想要劝说她奋起反抗显然是不可能的，因此三姐给她的方案是主动离开。然而二姐依然心存幻想："随我去忍耐。若天见怜，使我好了，岂不两全。"

于是三姐才说出了那段一字一滴血的话："自古'天网恢恢，疏而不漏'，天道好还。你虽悔过自新，然已将人父子兄弟致于麀聚之乱，天怎容你安生。"

三姐口中这个"天道好还""天怎容你安生"的"天"，到底是什么"天"？是离恨天吗？应该不是。

"淫奔不才""将人父子兄弟致于麀聚之乱"的尤三姐，在回到离恨天之后不仅没有受到警幻仙子的处罚，反而被委以重任。与人世间不同，离恨天是能接纳、善待尤氏姐妹的。这不正是尤三姐此番前来想要带姐姐走的原因吗？

尤三姐这里所说的这个"天"，是人间的"天"，是人间的社会规则。

其实谁不知道，"麀聚"乃是宁国府的一大风俗。作为一族之长，贾珍居丧期间聚众淫乐、喝酒赌博尚且无人敢管，又何况摆弄摆弄家里的几个女人？贾珍逍遥法外，被玩弄的女性身上的"罪孽"却是万死难赎。前有秦可卿，后又有尤氏姐妹，贾府里的这几个女人都难以逃脱相似的命运。男人们肆无忌惮地"正照风月鉴"，然后眼睁睁地看着镜子被形形色色的"贾代儒"们给毁掉。这就是人世间的游戏规则，也是尤三姐一直在反抗的东西。

然而，终究又有谁挣脱了这规则？所以尤三姐才说"天网恢恢，疏而不漏"。

《红楼梦》中没有玉帝、佛祖，而是原创了"太虚幻境"这样一个闻所未闻的新世界。这个新世界便可以颠覆我们已知的一切规则。

如果说《红楼梦》正面写的是人世间的故事，那么"太虚幻境"便在背面。"不要看这书正面"，便是对这人世间无尽的悲悯和反思。因此，真正离经叛道的，不是尤三姐，而正是作者本人啊！

当尤三姐说出"天道好还"的时候，她是在"说他们的语言"，试图说服尤二姐。当她说出"天怎容你安生"的时候，她早已对这人世间彻底绝望。因此，三姐的话不仅是对二姐说的，也是对自己说的。

尤氏姐妹刚登场时，作者是把她们作为一体来对待的；两人最终殊途同归，仍是一体。这对性格、思想迥异的姐妹，活在同一个"天"底下，接受着同一套规则的制裁，最终被埋葬在同一方葬花冢里。

尤二姐的故事是这样结尾的：

　　（贾琏）就在尤三姐之上点了一个穴，（将二姐）破土埋葬。

　　貌似轻飘飘的一个"点"字，实则有千钧之力，令人泪下。

　　宁国府的冤魂们，如果说秦可卿声势浩大的丧礼是极致的讽刺，那么尤氏姐妹的"点穴"而葬，又是另一种极致的荒凉！

第四部分

红楼第一奇女子

在本书第三部分我们带大家细读了二尤故事的文本。接下来我们深入讨论一些有意思的话题。

尤三姐虽然只是"副钗"，但她是个相当关键的人物——她是宝玉的知音，也是林黛玉在另一个世界的影子，而且她做到了宝玉、黛玉敢想不敢做的事。我说她是红楼第一奇女子，当不为过。

柳湘莲的问题是社会的问题，而尤三姐的悲剧是时代的悲剧。

尤三姐是有资格修注宝、黛、钗的人，而解读三姐的密码，却隐藏在黛玉那组神秘的《五美吟》里。

读透尤三姐，或许我们就掌握了开启《红楼梦》迷宫的一把钥匙。

闺秀还是娼妓？
伦理夹缝中的尤氏双艳

（一）

学者们通常认为，宋朝是中国女性社会角色的转折点。宋朝之后，社会制度进一步向父权倾斜，而女性身上的道德枷锁变得更加沉重。其中部分原因可以追溯到我们前文讨论过的"大仁之人"，即宋儒理学家们身上。理学家们诉诸《周易》这样的儒家经典，为社会家庭伦理寻找着形而上的理论依据。从此女性卑微的、从属的地位被看作宇宙天理的现实模型，"节"被视作女性最重要的品德，而再嫁这种"失节"行为则被视作耻辱："饿死事极小，失节事极大！""失节事"大不大我们不妄加评论，但圣人们的这两句话，对后世的影响的确是极大的。

其实理学家们在宋代的影响还比较有限，宋代妇女的处境还不算太糟糕。反而是到了元代以后，随着理学变成官方正统哲学，统治者将节妇和忠臣画上了等号。"忠"和"节"成了官府教化民间男女的两大法宝，节烈妇女的数量也开始呈井喷式增长。除了大力表彰守寡的妇女，社会还不忘贬低和惩罚再嫁女子。例如在清朝，守节女子的家庭可以免除劳役，而再嫁女子则会被剥夺受封的权利。也就是说，李纨如果再嫁，那么无论贾兰将来的举业仕途再怎么出息，她也沾不到半点荣光。这就是清律中所谓的"不容再嫁以辱名器"。

再嫁虽然没有被绝对禁止，却是绝对不光彩的。一个寡妇通常只有当连活着都成了一种奢侈，名节成了奢侈中的奢侈时，才会选择再嫁。有学者考察过五十多部清代族谱，发现妇女再嫁多发生在下层家庭中，而有功名的绅宦家庭，竟无一例再嫁者。

贾府这样钟鸣鼎食的人家是何等的脸面和修养，家中的寡妇根本不可能把再嫁作为一个选项。反过来从集体荣誉出发，家族通常也会尽可能地优待和安抚守节的寡妇。以荣国府为例，贾母和李纨两个寡母每个月各自坐享几十两银子。菩萨似的李纨几乎不用操心什么家务事，收入却是夙兴夜寐的凤姐的好几倍。

包括贾母和李纨在内，《红楼梦》原著前八十回至少出现过十一个寡妇①，算上甄士隐的妻子封氏的话就有十二个。而其中再嫁的只有一个，正是尤三姐的母亲尤老娘。这意味着什么呢？

首先，尤老娘的原生家族以及第一任丈夫家的经济、政治根基都不可能很好。女人再嫁与否，与经济条件有很直接的关系。理论上说，宋代提出"饿死事小"的理学宗师们也曾网开一面，改口说寡妇如果真要饿死了，其实也可以不守节。而清代的人则这样形容当时寡妇守节的实践情况："烈易而贞难，守贞者富易而贫难。"这和当代学者对清代族谱的考证结论"妇女再嫁多发生在下层家庭中"也是相符合的。假如尤老娘的原生家族或第一任丈夫的家族有着相当可观的政治地位和经济实力，是绝对不会允许

---

① 原著前八十回明写为寡妇身份的包括贾母、李纨、薛姨妈、刘姥姥、金寡妇、贾菌母亲、贾芸母亲、李婶、何婆子、尤老娘、夏金桂母亲等。庚辰本后补的第六十四回有一处异文写贾府奴仆多浑虫死后，他的遗孀多姑娘再嫁给了鲍二，这与第七十七回写多姑娘仍是多浑虫老婆显然自相矛盾，故暂不计算在内。

她去丢这个人的。

话又说回来了，尤老娘再穷，能穷得过刘姥姥？连村妇刘姥姥、奴仆何婆子尚且没有再嫁，可见当时贞节观念是深入基层的。尤老娘之再嫁，除了经济之外恐怕还有一层因素：她的思想是比较特殊的。放在现代语境中，我们或许可以替她寻思出一句好话：她受到的礼教束缚不多。但如果放在当时的语境中，那恐怕就只能有一个说法：这个妇人的操守不怎么样。

这样的尤老娘，怎么就成了贾府的亲戚了呢？

这又得说到鳏夫续弦的问题。

宗法制度天然就是排斥平等的，因为平等意味着继承权的潜在争端，意味着家国不宁甚至血腥政变。必须把所有人都分出高下贵贱来，形成牢不可破的身份的金字塔，才能消除下面的人的非分之想。嫡庶要有别，长幼要有序；而原配和填房虽然都是嫡妻，填房的地位却不能与原配比肩，填房的子女也不能享有与原配子女平等的继承权。因此，但凡门当户对的贵族小姐，谁愿意给人当填房？贾珍续弦娶了地位比贾府低得多的尤氏，而尤氏的父亲当初续弦娶的是带着两个女儿改嫁的尤老娘，就说得通了。

尤老娘再嫁到尤家之后，新任丈夫又死了，导致她"家计也着实艰难了，全亏了这里姑爷帮助"①。也就是说，尤老娘是要依附女婿贾珍过日子的。这可实在太尴尬了，尤其是当我们考虑到尤老娘和尤氏之间其实一点血缘关系也没有时。贾琏要偷娶尤二姐，尤氏明知不妥，也不可能把尤二姐当作自己亲妹妹那样去极力劝止："他与二姐本非一母，不便深管……"②正如前辈红学家们所说：二姐和三姐虽然在宁国府有姨妹名分，实际与尤氏异父异母，"似近实远，情同寄食"。

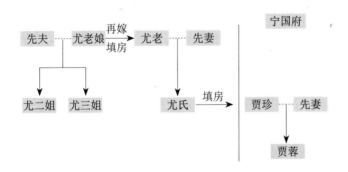

图一　尤家与贾府关系示意图

①《脂砚斋重评石头记庚辰本》第六十四回。
② 同上。

尤氏正因为没有强大的娘家做靠山，加上自己性格又懦弱，"素日又是顺从惯了的"[①]，在宁国府活得很窝囊。丈夫和继子聚麀，霸占逼死了儿媳秦可卿，尤氏发出的最激烈的抗议也只是装病而已。王熙凤后来大闹宁国府的时候就狠狠嘲笑了她一番："又没才干，又没口齿，锯了嘴子的葫芦，就只会一味瞎小心图贤良的名儿……"[②]

尤氏自顾不暇，况且二尤与她又只是"塑料姐妹"，尤老娘母女三人在贾府的生存状态也就可想而知了。

（二）

"单丝不成线，独树不成林"[③]，《红楼梦》中的故事绝少是孤立成篇的。作者着墨不多的尤老娘的处境和想法，其实有一个绝好的参照：那个早年在学堂和宝玉、秦钟发生过冲突的金荣的母亲金寡妇。

金家也算是"贾门的亲戚"，金荣的姑妈嫁给贾璜做

---

① 《脂砚斋重评石头记庚辰本》第六十四回。
② 《脂砚斋重评石头记庚辰本》第六十八回。
③ 《脂砚斋重评石头记庚辰本》第五十六回史湘云语。

了"璜大奶奶"。[1]然而宗法社会的继承制度是赢者通吃的，贾府的爵位、祖产实际上都由两三支嫡脉把持着。贾璜虽然是贾府"玉字辈的嫡派"[2]，却被边缘化了，沦落到守着些薄产，靠巴结凤姐和尤氏拿些接济度日。因为经济上的这层依附关系，他这姑妈在宁荣二府面前已然气短，更何况金荣母子还要仰仗这位姑妈的鼻息呢？

金寡妇托小姑子千方百计将金荣送进贾家家塾附学，图的是学里茶饭是现成的，能省下一笔生活开支，更何况金荣还在那里认识了薛蟠，从挥金如土的薛大傻子那里陆陆续续获得了七八十两银子。考虑到二十两银子就够刘姥姥一家过一年，而一百两银子就足够她"或者作个小本买卖，或者置几亩地"[3]了，这七八十两银子对于金家孤儿寡母无疑是一大笔钱。

殊不知薛蟠虽然大手大脚，也没有无故散财之理。他给金荣许多好处的代价，是让金荣做了他的男宠——这七八十两银子实际上是金荣的"卖身"钱。可怜金寡妇就

---

① 《脂砚斋重评石头记庚辰本》第十回。

② 同上。

③ 《脂砚斋重评石头记庚辰本》第四十二回。

连这么显而易见的问题也不深究、不明察，因小失大毁了儿子，也就难怪作者要令她姓"胡"[1]，而且在回目中嘲讽她因"贪利"而受辱了[2]。

作者虽然没有用同样直白的口吻去讽刺尤老娘，但尤老娘的昏聩和虚荣与金寡妇委实异曲同工。

贾蓉撺掇贾琏娶尤二姐的时候，作者是这样写贾蓉对尤老娘的游说工作的：

至次日一早，果然贾蓉复进城来见他老娘，将他父亲之意说了。又添上许多话，说贾琏做人如何好，目今凤姐身子有病，已是不能好的了，暂且买了房子在外面住着，过个一年半载，只等凤姐一死，便接了二姨进去做正室。又说他父亲此时如何聘，贾琏那边如何娶，如何接了你老人家养老，往后三姨也是那边应了替聘，说得天花乱坠，不由得尤老娘不肯。况且素日全亏贾珍周济，此时又是贾珍作主替聘，而且妆奁不用自己置买，

---

① 胡姓似乎是作者钟爱的谐音梗。晴雯和尤二姐遇到的庸医都姓胡。
② 《脂砚斋重评石头记庚辰本》第十回回目："金寡妇贪利权受辱。"

贾琏又是青年公子，比张华胜强十倍，遂连忙过来与二姐商议。二姐又是水性的人，在先已和姐夫不妥，又常怨恨当时错许张华，致使后来终身失所，今见贾琏有情，况是姐夫将他聘嫁，有何不肯，也便点头依允。

尤老娘被贾蓉一番天花乱坠的谎话忽悠得"不由得"不肯。这个"不由得"，乍看是贾蓉开的条件太美好，没有拒绝的理由；再看是尤家母女依附于人，理亏气短；看到最后，所有的"不由得"，本质上都是没立场。尤三姐后来就向所有人证明了这一点：任何人都可以维护自己的自由和尊严，就看你愿意为此付出多大的代价。

等到二姐被贾琏偷娶进小花枝巷的那一天，作者又对婚礼现场的尤老娘做了几句有趣的心理描写："那尤老见二姐身上头上焕然一新，不是在家模样，十分得意……"

尤老娘只顾着"妆奁不用自己置买，贾琏又是青年公子""二姐身上头上焕然一新"这些眼前的利益，却看不懂社会运作的底层逻辑，更意识不到战术层面的跃进背后，常常掩盖着战略上的巨大陷阱。

在小花枝巷的时候避让出去，让贾珍和三姐独处的那次就是个例子。多年来尤老娘大概是一直这样装聋作哑，默许着贾府的男人们玩弄她的两个女儿。贾珍对她们母女三人提供的物质照料，何尝不是两姐妹的卖身钱！

（三）

中国妇女史和社会性别史学家曼素恩先生曾指出，盛清社会的性别制度就是围绕着封闭女性而建立的。一个家庭受人尊重与否，是由这个家庭的女人是否有贞节而决定的。把女性封闭在家的那些界限界定了当时的社会等级——最上层的是那些远离大众视线，终身生活在高墙和屏风后面的闺秀和太太们。其他家庭的女性效仿她们，而那些没有效仿的女子，社会地位则会受到不同程度的影响。

用这一理论去分析《红楼梦》的故事的话，就不难解释尤老娘自己的再嫁，以及她没有将自己的两个女儿完美地幽闭在闺房内，如何严重地损害了整个家庭的社会地位。然而仍有一个问题无法解释：贾府中的女人也并非都是以贞节闻名的，否则柳湘莲又何至于嘲讽宁国府只有门口的两只石狮子是干净的呢？宁国府女人的臭名对于贾家的权势和地位又似乎没有明显的影响，这又怎么讲？

我认为当时的社会等级图形似乎存在两个相互重叠的体系：一个肉眼可见的身份金字塔，以及一个隐形的伦理金字塔。如果要客观全面地分析一个家庭或一个女性的地位，我们最好把二者拆开来看。

身份金字塔包括家庭的官爵、职业、财富这些政治和经济条件。虽然《红楼梦》写作的时期社会流动性较强，阶级壁垒不复从前，家族命运骤升骤降的事件时有发生，但短期内一个家庭、一个人在社会身份金字塔中的地位通常是相对稳定的。

一个人在伦理金字塔中的位置则取决于他在家庭中的辈分、嫡庶之类伦理地位，也取决于他的所作所为是否符合忠、孝、节这些社会道德规范。

社会身份和伦理地位之间的确是可以相互影响的：有身份、有实力的家族往往更有礼制的基础，例如他们可以利用豪宅庭院在空间上将男女分隔开来，例如他们的女孩子不需要抛头露面到田间街头劳作来补贴家用。反过来，如果一个家族严重地违背了伦理道德，做了不忠不孝的事，家族很可能受到惩罚而失去原有的官爵地位。

然而身份地位和伦理地位之间也存在一定程度的独

立性。

尤氏姐妹肉眼可见的"身份"算不上低微，她们本来应该是中上等门户的孩子，或许也属于士族阶层；异父异母的大姐虽然给人做了填房，终归也是个命妇。然而在那个看不见的伦理金字塔内，她们却沿着一个奇特的夹缝，一直跌落到了最底层。

贾府的男人们有时亲切地称她们为"小姨"，有时心怀叵测地喊一声"嫂子"；有时奉她们为妻，有时又认她们作妾。归根结底，她们并没有在家庭伦理中获得安置，因此她们的地位始终任由他人去定义、去抹黑。

经济上的依附关系导致了她们长期被人侵占，她们本质上和贾府豢养的家妓无异，只不过是另一种形式的"娼妓粉头"罢了。就连贾琏安置尤二姐的地方，作者也取了个和宁荣街相对照的、十分暧昧的名字：小花枝巷。

她们藏身于壁垒森严的宗法大家族背后那片幽长的阴影之中。

只有当我们考虑到尤三姐的实际处境时，才有可能理解她如何能做到对于"闺范"的彻底无视和倒行逆施，也才能理解她为什么在忠贞不二地爱着柳湘莲的同时，却长期和其他男人逢场作戏、艳帜高张。

古代的士大夫有为"奇优名倡"大开道德绿灯的传统。从苏小小到关盼盼，身不由己却情比金坚的名伎一向是文人心头的朱砂痣，几千年来从他们的诗词中收获了无数深情的怀念和盛情的歌咏。而红拂、文君的"道德瑕疵"也能获得原谅，那种追求自由的精神还常在戏曲传奇中大放异彩。

尤三姐就是和红拂、文君同类的人物。

当她出现在文学作品当中时，士大夫能够读懂她的文化根源，能够为她开启一个另类的审美维度。然而当红拂、文君出现在当时的社会会落得怎样的下场，才是《红楼梦》真正想要探讨的话题。

尤三姐之死告诉我们，文人士大夫们写在诗词戏曲中的红拂、文君，也只不过是另一种角度的"男性注视"之下，另一种形式的"第二性"罢了。一个有血有肉的红拂、文君一流人物，在真实的生活中连活路也未必有。

也许，并不是传统割裂了士人，才令他们在为故事中离经叛道的奇女子击节叫好的同时，绝不肯放过现实中行错了半步路的好女儿。也许，他们本就乐意被割裂出两套道德标准：对于倡优的叛道，他们原本就是隔岸观火；但如果家里的女人也有样学样，那岂不乱了夫权和父权治下的纲常人伦！

尤三姐不幸幼年失怙，又摊上一个没什么原则的母亲，没受到太多教化和约束。因祸得福的是，她在家里可以肆意妄为，做出许多令大家闺秀想都不敢想的出格事，戳到了"奇优名倡"的审美点上。然而，当她试图回归家庭融入社会的时候，却一定会被放回传统的道德框架中去考量；她一定无法通过这样的考量，然后被社会规则的铜墙铁壁撞得粉身碎骨。

那么，世人对红拂、文君的歌颂和爱慕，又何尝不是叶公好龙呢？

（四）

身份金字塔中存在一条天堑，就是良人与贱籍之间的那条红线。后者包括倡优，也包括奴仆。清代法律严禁将良民贩卖为奴，但民间那些父母因缺钱卖女为奴的，人贩子拐卖女孩给人做妾的，买卖始终十分昌隆。从香菱到晴雯、袭人乃至梨香院十二官的卖身，应该都发生在法律的灰色地带。

王夫人曾经说贾府买来家里学唱戏的十二个女孩子"倒比不得使唤的，他们也是好人家的儿女，因无能卖了做这事，装丑弄鬼的几年"[①]。这些出身良民的女孩们，家世原比那些做了奴仆受人使唤的女孩们清白尊贵，于是王夫人原本的打算是无偿放她们回去做良人的。可是后来大观园闹了丑闻，她决心撵这些爱惹事的女孩子们出去的时候，又毫无压力地改口说"唱戏的女孩子，自然是狐狸精了"[②]。虽然出身良民但毕竟被贩卖过，况且做的倡优这个行当通常隶属贱籍，这就令这些女孩子落入了伦理金字塔的夹缝中。

有意思的是，这些戏子中的芳官曾经和贾政的小老婆赵姨娘打过一架。奴仆出身的赵姨娘竟然气势汹汹地冲进宝玉的怡红院，兜脸骂唱了几年戏的芳官：

　　　　小淫妇，你是我银子钱买来学戏的，不过娼妇粉

[①] 《脂砚斋重评石头记庚辰本》第五十八回。
[②] 《脂砚斋重评石头记庚辰本》第七十七回。

头之流！我家里下三等奴才也比你高贵些的……①

赵姨娘的立场和后来的王夫人相似，也是在用曾经被贩卖的历史和曾经做过倡优的行当来歧视和抹黑芳官的伦理地位。

芳官的反击也十分有趣：

> 我便学戏，也没往外头去唱。我一个女孩儿家，知道什么是粉头面头的。姨奶奶犯不着来骂我，我又不是姨奶奶家买的。"梅香拜把子——都是奴几"呢！②

我们刚才说过，当时的性别制度是围绕着封闭女性而建立的。所谓"里头""外头"，指的正是闺阁内外。芳官替自己模糊的伦理地位辩护：虽然学的是戏，但我也只在闺阁内部活动，并不曾到外面抛头露面。闺阁中的戏子和外面的倡优能是一回事吗？芳官还犀利地指出自己被买进贾府并不是赵姨娘掏的腰包。像赵姨娘这样的人，出身

---

① 《脂砚斋重评石头记庚辰本》第六十回。
② 同上。

才真正是贱籍——世世代代给人做奴仆，其实比芳官她们要低贱。即便后来嫁给了贾政做小老婆，她的伦理身份仍然是有模糊性的。她的孩子们算是贾府中的主人，但她自己仍是奴仆，是要服侍王夫人，并且替宝玉打起帘子的①。使劲往好里说，赵姨娘也只能算是"半个主子"②。同样是伦理地位尴尬的女人，赵姨娘却趾高气扬地对芳官进行伦理羞辱，不是很可笑吗？芳官的反驳精妙绝伦，简直戳了赵姨娘的肺，刺激得她彻底老羞成怒了。

虽然对赵姨娘赢得了一次惨胜，芳官最终还是被那个将她买进贾府的王夫人秋后算账，打上"唱戏的狐狸精"的标签撵出了大观园，出家做了小尼姑。

看得见的身份金字塔可以压制人一辈子，而看不见的伦理金字塔则能把人瞬间打入地狱。

尤二姐、尤三姐的名字，作者是故意取得潦草的，而

---

① 《脂砚斋重评石头记庚辰本》第二十三回："原来贾政和王夫人都在里间呢。赵姨娘打起帘子，宝玉躬身进去。"
② 《脂砚斋重评石头记庚辰本》第四十六回凤姐语："别说是鸳鸯，凭他是谁，那一个不想巴高望上，不想出头的？这半个主子不做，倒愿意做个丫头，将来配个小子就完了。"

十二官的名字也是潦草的，就如同她们的身份一样，模糊而随意。

尤三姐对这个问题看得非常透彻："这会子花了几个臭钱，你们哥儿俩拿着我们姐儿两个权当粉头来取乐儿……"

经过贾珍父子兄弟的玷污，她们姐妹在宗法伦理的战场不可能再有翻身之日："到那时白落个臭名，后悔不及……"

姐妹俩不被世俗所容的结局是早已注定的，差别只在于过程中有没有对得起自己而已。

出于同样的原因，被柳湘莲退了婚的尤三姐，也不可能再有其他的出路。只要看看那个忍辱负重也求不来贾府中一寸容身之处的尤二姐就知道了。不仅正房凤姐要用"妹妹的声名很不好听""在家做女孩儿就不干净，又和姐夫有些首尾"来做文章给她施压，就连奴婢出身的贱妾秋桐，居然也敢站在道德制高点上理直气壮地对尤二姐进行羞辱："先奸后娶没汉子要的娼妇""让我和他这淫妇做一回，

他才知道""纵有孩子，也不知姓张姓王"……①

将尤氏姐妹推入伦理缝隙的，是男人们；而想要置她们于死地的，却是女人们。

"礼"被发明出来原是为了规范全社会的秩序的，但在现实中往往变成了既得利益者对弱者单向制裁的工具。女人作为一个群体是"礼"的受害者，她们在面对其他女性的时候却可能随时转换角色，利用"礼"施暴于更加弱势的群体，呈现出人性中最极致的凶残。王夫人、凤姐这样的正经太太奶奶可能成为施暴者；苦熬半辈子终于在伦理金字塔中谋得了一个不上不下位置的赵姨娘可能成为施暴者；就连秋桐这样无论是社会身份还是道德修养都沉于底流的"草根"，也懂得紧握"我是老爷赐的"②这唯一合"礼"的小抓手，实现从受害者到施害人的华丽蜕变。

圣人创造"礼"的时候，应该没能想象出依附在伦理金字塔上的众生可以被异化到这样的程度。尤三姐快刀斩乱麻的解决方式或许是于事无补的，但难道她还有更好的

① 《脂砚斋重评石头记庚辰本》第六十九回。
② 《脂砚斋重评石头记庚辰本》第六十九回："秋桐自为系贾赦之赐，无人僭他的，连凤姐平儿皆不放在眼里，岂肯容他。"

方式逃离这个在受害人与施害人之间无限往复的魔咒般的钟摆吗？

（五）

有这样一群生活在礼法森严的社会却被遗落在伦理金字塔夹缝中的女子，她们既没有被尊为夫人、诰命，也没有被驯化为奴。于是乎，她们是妻是妾甚至倡优，任由既得利益者们去定义。

她们没能获得礼教的保护，有时竟也能意外地获得一种自由、一个展现自我本色的机会，并用生命划出一条令人仰叹的星轨。

她们中的大部分被掩埋在了历史的烟尘之下，但也有少数的幸运者，因为碰巧被卷进了政治漩涡的中心，或者撞见了一位不世出的作家、诗人，便得以永恒不灭了。

她们不符合任何范本。我们常常想不起也说不清她们究竟是太太、小姐、寡妇还是丫头。

最终，她们只是作为"人"而被我们记住。

尤三姐，黛玉在另一个世界的影子

（一）

　　《红楼梦》中有一处引人遐想的细节。宝玉和凤姐被赵姨娘施了"魇魔法"奄奄一息，贾府上下等连同来访亲戚都乱作一团。作者突然宕开一笔，特意写了宝钗的哥哥——呆霸王薛蟠的心理活动：

　　　　别人慌张自不必讲，独有薛蟠更比诸人忙到十分去：又恐薛姨妈被人挤倒，又恐薛宝钗被人瞧见，又恐香菱被人揉皮——知道贾珍等是在女人身上做功夫的，因此忙的不堪。忽一眼瞥见了林黛玉风流婉转，已酥倒在那里。①

────────────

① 《脂砚斋重评石头记庚辰本》第二十五回。

万幸《红楼梦》是从第八十一回起才丢的，这要是从七十一回丢起，保不齐会有一些续写者打着"红楼无闲笔"的旗号，要凭这伏笔安排薛蟠把林妹妹领回家去呢！

虽然有过这一处薛蟠为黛玉掉了魂的描写，后面宝钗也曾开过一次薛蟠和黛玉的玩笑，但这事终究是不了了之了。薛蟠在第七十九回娶了一位"河东狮"——同为皇商之后的夏金桂，也就注定和黛玉两无瓜葛了。

那么作者为什么要在第二十五回"多此一笔"？

就连脂砚斋在看到薛蟠这段文字的时候，也觉得作者有"唐突颦儿"①的嫌疑了。不过作为第一读者和头号铁粉，他火速为作者找到了两条理由：其一，既然这本书的主题是"情"字，就免不了会有这类描写；其二，连薛大傻子都为她倾倒，不更体现出颦儿是天仙下凡了吗？

作者让黛玉被一贯欺男霸女的呆霸王"唐突"，只是单纯地为了突出她有多美吗？这个工作让当初护送黛玉回乡的贾琏顺路完成不是更简便？

想想看，假如林黛玉不是贾母的掌上明珠、宝玉青梅

---

① 《脂砚斋重评石头记甲戌本》第二十五回侧批。

竹马的心上人，她甚至不需要是香菱那样在路边被贩卖的丫头，只需假设她是一个来自小门小户的普通女孩，薛蟠这一"酥倒"，会给她带来怎样的灾祸？"正邪两赋而来之人"有上中下三等出身，"易地则同之人"面临的不同命运，本来就是书中着重讨论的主题之一。

黛玉虽然常常感叹自己薄命，但她已然是属于最幸运的那个阶层。贾府有足够的实力将她完美地封闭起来。公府的庭院深深保护的不仅是她的绝对安全，也是她的高贵身份。要不是这场意外的混乱，即便是远亲薛蟠也不可能获得觊觎她美貌的机会！她更无需为生活操劳和忧心。即便贾府经济每况愈下，宝玉还对她说："凭他（家里）怎么后手不接，也短不了咱们两个人的。"①换成现代金融的说法，宝玉和黛玉都属于公府侯门当中"优先劣后"级别最优先的资产。黛玉还享受到了对于当时的女性来说极其奢侈的读书的机会，令她得以将自己的整个青春专注于充满诗意与美的精神世界，成了"正邪两赋"中最上等的、"生于公侯富贵之家"的专业"情痴情种"。

---

① 《脂砚斋重评石头记庚辰本》第六十二回。

清代曾经涌现一批通过创作和出版诗文来彰显自己才德的名媛才女。女诗人沈善宝在她编撰的女性诗集《名媛诗话》中却这样描述当时的女子学习诗文、传扬才名的不容易：

> 窃思闺秀之学，与文士不同；而闺秀之传，又较文士不易。盖文士自幼即肄习经史，旁及诗赋，有父兄教诲，师友讨论。闺秀则既无文士之师承，又不能专习诗文，故非聪慧绝伦者，万不能诗。生于名门巨族，遇父兄师友知诗者，传扬尚易；倘生于蓬荜，嫁于村俗，则湮没无闻者，不知凡几！

那时的女孩子必须将主要精力用于掌握针黹女红等"分内"的技能，几乎不可能得到文士老师的指点栽培，也没有学习讨论的氛围和环境。所以能够学会写诗的女孩必然是家世极好而且本身又极聪明的姑娘。就算清代有过才女风潮，真正有幸将自己的诗文传世的才女，仍然只占当时人口中的极少数，而且还在当时饱受非议。没那么幸运的大多数人，当然也就只能被湮没在漫漫的历史长河之中了。

《红楼梦》的作者立志为闺阁立传，自然是要将黛玉这类女子的诗文传世的，即便是由他代拟的诗文；但他同时也要记录那些和黛玉同样聪明，却比她更不幸——不仅没有诗文可以传世，还要直接面对社会冰冷摧残的女性。

（二）

我们曾经提到过，《红楼梦》中有几个女孩子是"特犯"黛玉的——她们和黛玉长得很相似，而又不仅仅是长得很相似。现在我们展开说说这个问题。

被读者们所熟悉的黛玉"影身"，莫过于龄官和晴雯二人。

龄官是贾府预备元春省亲的时候，组建戏班买来的十二个女孩子之一。她在小说中实际上只活跃了不到一年的时间，让人印象深刻的出场大概只有三次：第一次是元宵省亲当晚，贵妃元春很喜欢她，让她加唱。负责管理戏子的贾蔷本来想安排龄官献唱两出杜丽娘的戏，没想到龄官很有个性，放着小姐不演，非要演本角丫鬟。第二次是端午节前一天，宝玉看到一个女孩在蔷薇花架下，反反复复在地上画"蔷"字。第三次是几天之后宝玉心血来潮想听戏，到梨香院找到传说中唱得最好的龄官，发现正是前几天画"蔷"的那一位。

龄官和别的丫头戏子都不同，不仅不肯唱戏给宝玉听，甚至不愿意和他拉拉扯扯。这竟然替宝玉开启了一种全新的人生体验——"（宝玉）从来未经过这番被人弃厌……"[1]

此时恰好贾蔷回来了，宝玉便在一旁观看贾蔷和龄官之间的互动。

龄官敏感多疑，贾蔷便低声下气地哄她开心。贾蔷活似另一个宝玉。贾蔷听说龄官吐血，即刻要再去请大夫来给她看病。龄官心疼贾蔷，不让他去，嘴上却怄气说："站住，这会子大毒日头地下，你赌气子去请了来我也不瞧……"[2]

龄官俨然是另一个黛玉，就连她咳血的病症也和黛玉是一样的，只不过她的病程比黛玉的更快罢了。

作者安排龄官这个戏子，和贾蔷演了一出"戏中戏"，

---

[1] 《脂砚斋重评石头记庚辰本》第三十六回。
[2] 同上。

简直是黛玉和宝玉故事的翻版。宝玉不觉看呆了：这一切和他的世界多么相似，但又和他的世界毫无关系。原来他自己根本不是荣国府这个"宇宙"的中心。宝玉于是有了一次十分重要的成长蜕变："自此深悟人生情缘，各有分定。"①

宝玉的蜕变完成了，龄官这个角色的任务也就完成了。第二年"梨香院十二官"几乎完全换了一批人，龄官这个角色也让作者给彻底写没了。

不过，另一个很像黛玉的人却在宝玉身边待了很长时间。

王夫人在大观园见过晴雯一次，留下了一个印象："水蛇腰，削肩膀，眉眼又有些像你林妹妹的……"②

晴雯和黛玉之间当然也不只是眉眼有些像。

宝玉的爱情里有一个理想主义的出尘的黛玉，又有一个现实主义的入世的宝钗。他的生活中有一个理想主义的直爽的晴雯，又有一个现实主义的隐忍的袭人。脂砚斋于

---

① 《脂砚斋重评石头记庚辰本》第三十六回。
② 《脂砚斋重评石头记庚辰本》第七十四回。

是留下了一条著名的评语："晴有林风，袭乃钗副。"①

　　其实作者说过晴雯"素习是个使力不使心的"②，仅这一点就和"心较比干多一窍"③、忧郁缠绵的林妹妹截然相反。两个女孩有着各自鲜明的个性、不同的精神世界和完整独立的故事。所谓"副"，并不是"复制"。把晴雯称作黛玉的"影子""分身"，只是图一时方便的说法。但是，黛玉和晴雯大体上属于同一类人，她们之间有致命的相似之处，那便是"聪明"和"风流"。

　　叶嘉莹先生有过一段妙极之谈，大致是说，"风流"就是风行水流。风这样吹过，水这样流过，并不是为了做给任何人看，而是它们天性要如此。行不为饰，动以求真，就可以被称作风流之人。

　　黛玉就是一个风流外露之人：刚一出场，众人就看到她"有一段自然的风流态度"④，宝玉眼中的黛玉"风流袅

　　① 《脂砚斋重评石头记甲戌本》第八回夹批。
　　② 《脂砚斋重评石头记庚辰本》第五十三回。
　　③ 《脂砚斋重评石头记庚辰本》第三回。
　　④ 同上。

娜"①，就连呆霸王薛蟠眼中的黛玉也是"风流婉转"②的。而晴雯是丫鬟中头号风流人物，她的判词说她"心比天高，身为下贱。风流灵巧招人怨"③。

等到晴雯被逐，脂砚斋留下了这样一段批语："晴雯为聪明风流所害也。一篇为晴雯写传，是哭晴雯也。非哭晴雯，乃哭风流也。"④可见晴雯的悲剧并不只限于晴雯一个人，而是《红楼梦》中某一类人所共有的悲剧。

晴雯死后，宝玉为祭奠她撰写了一篇很长的文章叫《芙蓉女儿诔》。黛玉在宝玉十四岁生日，也就是我们前面说过《红楼梦》最高潮的那次上中下三等女儿同席的时候，抽到的花笺就是芙蓉，而晴雯死后阴差阳错被宝玉误认作花神，掌管的也是芙蓉花。宝玉把诔文挂在芙蓉花枝上，可当他念完诔文之后，偏偏是黛玉从芙蓉花中钻了出来，吓了宝玉一跳，还以为是晴雯显灵了……在宝玉祭芙蓉这件事情上，作者故意把水中芙蓉和木芙蓉混在了一起，把

① 《脂砚斋重评石头记庚辰本》第五回。
② 《脂砚斋重评石头记庚辰本》第二十五回。
③ 《脂砚斋重评石头记庚辰本》第五回。
④ 《脂砚斋重评石头记庚辰本》第七十七回夹批。

晴雯和黛玉混在了一起。

黛玉和宝玉来回修改着《芙蓉女儿诔》中最关键的一个句子。宝玉原写的是"红绡帐里，公子情深。始信黄土垄中，女儿命薄"[1]，"公子""女儿"，的确是宝玉对晴雯的口吻。几个回合过后，这几句话被宝玉稀里糊涂改成了"茜纱窗下，我本无缘。黄土垄中，卿何薄命"[2]，用上了"我""卿"这样暧昧的代词，还是由宝玉当面说给黛玉听的，这便成了黛玉之死的伏谶。脂砚斋于是感叹道："当面用'尔''我'字样，究竟不知是为谁之谶！……一篇诔文总因此二句而有，又当知虽诔晴雯而又实诔黛玉也。奇幻至此！若云必因晴雯诔，则呆之至矣！""观此句便知诔文实不为晴雯而作也。"[3]脂砚斋认为，这两句是整篇诔文最重要的话。文章虽然在诔晴雯，但它更是在提前祭奠黛玉，如果你以为它只是在写晴雯，那你就是个呆瓜了。

难怪宝玉这两句话一说出口，黛玉立刻觉得不对劲：

---

① 《脂砚斋重评石头记庚辰本》第七十八回。

② 《脂砚斋重评石头记庚辰本》第七十九回。

③ 《脂砚斋重评石头记庚辰本》第七十九回夹批。

"怵然变色,心中虽有无限的狐疑乱拟,外面却不肯露出。"①

　　复古思潮下的盛清社会主流推崇的乃是宝钗的行事做派:认得清自己作为女子、作为闺秀的身份,"守拙藏愚"②,"不干己事不张口,一问摇头三不知"③。纵使样样才华都在男人之上,却从来不施展,"总以贞静为主"④。晴雯因为聪明风流而不为世俗所容,那么比晴雯更加聪明风流的黛玉,又怎么可能获得世俗的接纳呢?

　　尤三姐是另一个"特犯"黛玉之人。

　　贾琏的小厮兴儿和尤氏姐妹说贾府中小姐的闲话,说到黛玉的时候就是用尤三姐去形容她:"(林黛玉)面庞身段和三姨(尤三姐)不差什么……"⑤他甚至还说尤三姐和宝玉也很登对,只可惜宝玉已经有黛玉了。

　　这样的流言要是传到林妹妹耳朵里,她大概又要不高

① 《脂砚斋重评石头记庚辰本》第七十九回。

② 《脂砚斋重评石头记庚辰本》第八回形容宝钗:"罕言寡语,人谓藏愚;安分随时,自云守拙。"

③ 《脂砚斋重评石头记庚辰本》第五十五回王熙凤语。

④ 《脂砚斋重评石头记庚辰本》第六十四回宝钗道:"……自古道'女子无才便是德',总以贞静为主,女工还是第二件。"

⑤ 《脂砚斋重评石头记庚辰本》第六十五回。

兴了吧。放心，作者从来不会白白"碰瓷"林妹妹的。他引导读者把黛玉和尤三姐联系到一起，就是要让我们把这两个人放在一处做比较。可三姐是一个在宁国府臭泥潭中打滚的角色，性格泼辣刚强，她和大观园里冰清玉洁、体弱心多的林妹妹能有什么共同点呢？

其实尤三姐是书中另一个极聪明又极风流之人。

三姐"调戏"贾珍、贾琏的时候，在兄弟俩眼中简直是平生未见的"风流"人物："所见过的上下贵贱若干女子，皆未有此绰约风流者"，尤三姐本人也要"仗着自己风流标致，偏要打扮的出色"。①

"哭风流"是《红楼梦》中跨越"上下贵贱若干女子"的一大主题，那么"红楼第一风流女子"尤三姐未来的命运，也就可想而知了。

（三）

风流之人，聪明、漂亮自然流露在外。她们在那个对"狐狸精"严防死守、动辄发起毁灭风月鉴运动的社会，无疑

————————————

① 《脂砚斋重评石头记庚辰本》第六十五回。

就是移动的活靶子。不过"行不为饰，动以求真"还有一个更严重的副作用——随心率性之人，做事通常不太计较后果。

黛玉只要一不开心，就会怼宝玉的奶妈、让王夫人的心腹陪房难堪、当着长辈的面给宝玉甩脸子。即使接受了宝钗的"教导"之后，后期黛玉的性格收敛了很多，可她不太愿意在人情世故上做文章的性格从未改变。她在贾府的处境始终是相对孤立的。

袭人觉察到宝黛之间的恋情后，即刻便付诸行动，通过示警王夫人来隔绝宝黛二人；而黛玉偷听到袭人这位身份关键的宝玉"准姨娘"对自己颇有微辞后，不要说想办法应对，她甚至连个应激性的反馈都没有。唯一的贴身丫鬟紫鹃剖心置腹劝黛玉早日通过贾母敲定和宝玉的婚事，黛玉听了也只是徒增伤悲而已，既没有制定策略，也没有采取行动。

黛玉分明深知对宝玉适度的关怀能讨得王夫人和贾母的欢心。在宝玉挨打之后，宝钗手托药丸前来怡红院给宝玉疗伤，经袭人之口在王夫人处记上一功；黛玉却只是独自远远站在花荫下，遥望着各色人等在怡红院穿梭往来，挣着人情分。

当在外地任职了三四年的贾政写信说自己就要回家后，宝玉才想起来临阵磨枪，慌忙临字帖补以前的功课。宝钗和探春都在贾母面前主动请缨替宝玉分担功课，贾母自然欢喜。黛玉这边呢，不声不响，闷头赶工几个月，最后才让紫鹃私下里给宝玉送来一卷"老油竹纸上临的钟王蝇头小楷，字迹且与（宝玉）自己十分相似"[1]。

如果以"结果"为导向来考察，那么黛玉实在太傻了。既然目的是应付贾政，为何不写些大号的行草来搪塞，多快好省，效率岂不更高？黛玉没有薛宝钗的金疮药那样信手拈来的实用的宝贝，她给宝玉的，是她一身一命所能创造的最好的东西。

黛玉的健康已经恶化到一年到头连针都拿不了几次，此时却一连数月在灯下替宝玉精心临摹着小指尖大的小楷。密密麻麻齐齐整整的小字，想来和斑斑血泪一样令人惊心！

宝钗时时储蓄着能量，黛玉却处处燃烧着生命。

黛玉实在太傻了。贾政回家的事因故推迟，宝玉赶的

---

[1] 《脂砚斋重评石头记庚辰本》第七十回。

书法功课不了了之。黛玉花了这么多心血，不仅没在贾母、王夫人跟前卖个人情，最后很可能也并没能帮到宝玉。黛玉像蜡烛一样燃烧掉的生命，除了照亮宝玉内心的一隅，纯是浪费。

黛玉当然知道怎样做对达到目的更"有利"，然而她始终不愿在爱里掺入经营与算计的成分。在这场多人角力的家族政治当中，事情自然很难朝着她所希望的那个方向去发展。

晴雯也有做事不计后果的问题。和宝玉之间一次偶然的口角，随着她牙尖嘴利的挑衅而步步升级，演变成了她针对宝玉和袭人的揭伤疤表演，话只挑最难听的说。宝玉气得即刻要撵她出去，晴雯自己却又哭了："我一头碰死了也不出这门儿。"①

何苦来哉？一通"金戈铁马"之后，晴雯或许都不知道自己"战斗"的目的是什么。

先是排挤小红，后来又撵走坠儿，晴雯得罪了贾府上上下下那么多人，究竟又为自己挣得了什么好处？从功利

---

① 《脂砚斋重评石头记庚辰本》第三十一回。

的角度考量，晴雯同样是太傻了。

然而，如果时时事事都计算着得失，顾忌着后果，晴雯还是晴雯吗？

（四）

理解了黛玉和晴雯这两种类型的不计后果，接下来我们就可以来见识一下另外一种不计后果了。

尤三姐和贾珍、贾琏撕破脸之后，有一段时间十分放肆地调戏了贾家兄弟叔侄。一面故意把他们勾引得"垂涎落魄""迷离颠倒"，一面又要将他们"泼声厉言痛骂"；一面向他们索取山珍海味、绫罗珠宝，一面又要将这些东西肆意糟蹋："或不趁心，连桌一推；衣裳不如意，不论绫缎新整，便用剪刀剪碎，撕一条，骂一句……"

正是这段"表演"让许多读者大惑不解：若说三姐是不愿与贾珍、贾琏等人为伍，她却偏要故意去把他们喊来一起玩；若说她是要为自己母女姐妹争取利益，却也不见她提出任何具体的诉求。三姐既不为名也不为利，就连从贾珍兄弟那里拿到的物质补偿，竟然也全部被她挥霍掉了！

连续作者也搞不懂三姐是在闹哪样。为了给她的行为安排一个更充分的动机，他往她嘴里硬塞了这样一句话："向来人家看着咱们娘儿们微息，不知都安着什么心，我所以破着没脸，人家才不敢欺负。"三姐无事生非、撒泼耍赖的反抗，在他笔下便被驯化成了完全理智和充满目的性的行为了。

其实黛玉、晴雯、尤三姐这一类人的有趣之处正是在于，她们的行为往往并不是完全理性的。

具体来说，晴雯的非理性更像是一种粗线条的非理性。她性格爽利，说话办事往往逞一时之快，就连当下会爆雷的结果都思虑不到，更别提埋雷的长期隐患了。即使在袭人已经被王夫人钦定为宝玉姨娘之后，晴雯仍然没有意识到自己离开贾府几成定局，还"痴心傻意，只说大家横竖是在一处"[①]。

黛玉的心思比晴雯深细得多，她对自己的处境有全方位的分析和不好的预感。然而黛玉也从来不会刻意经营一个对实现她的愿望更有利的局面。她虽然感知到了命运，

---

① 《脂砚斋重评石头记庚辰本》第七十七回晴雯临死对宝玉表白自己的想法。

却仍默默接受了命运的不公，任凭风雨相摧，自己如落花般飘零。

市井中成长起来的尤三姐比这两个深居闺阁的女儿更懂社会的险恶。她其实早就清晰地预见到了终局：自己和姐姐一定会"落个臭名"，生死难料。她身上也并没有黛玉作为贵族小姐的那种束缚。她选择了奋起反抗。然而有意思的是，三姐反抗的形式却又和晴雯很像，很有逞一时之快的味道。聪明如三姐，并没有花心思要手段来避免灾祸，或者研究一些方案来减小损失。三姐"浓妆艳抹凌辱群凶"，目的只不过是将他们"取乐作践准折"——折磨他们供自己取乐，寻求一种变相的补偿。

从结果来说，尤三姐仍是输家。这些本质上毫无意义的折腾，是她在绝望之境绽放出的亦正亦邪的致命之花。

（五）

我们说过"正邪两赋"的"正"代表着一种传统的儒家价值观，一种对社会秩序的维护和认同，而"邪"则是对正统的毁灭和颠覆。宝玉、黛玉或尤三姐这类"正邪两赋而来之人"既不至于脱离道德约束而彻底站到社会对立面，也绝不愿意为了攀爬社会阶梯而损耗自己的自由和尊严，于是便体现出叛逆的、不肯屈从于世俗的个性。

由于出身的差别，这类人身上的叛逆和矛盾会有不同的体现："若生于公侯富贵之家，则为情痴情种。若生于诗书清贫之族，则为逸士高人。纵再偶生于薄祚寒门，断不能为走卒健仆，甘遭庸人驱制驾驭，必为奇优名倡……"然而纵使身份天差地别，究其作为"人"的本性，却是一样的："此皆异地则同之人也。"如果作者对于以贾宝玉为代表的这类"正邪两赋"之人心存某种特殊的嘉许和认同的话，那么在他的心目中，独立人格和自由意志显然要比帝王将相或是平民倡优的社会身份重要得多。

无论是黛玉、尤三姐还是晴雯，都是做不到卑躬屈膝、委曲求全的。她们率性真情，注重过程和质量胜过名声和结果——至少，对结果的渴望是不足以让她们改变风行水流的品格的。

说她们是不合时宜、无可救药的"浪漫主义者"，也不为过。

虽然聪明过人，但她们从来不屑于把自己的聪明花在经营算计、为自己争取一些实际的好处上，有时候甚至连一些保护自己所必要的动作也不愿去做。因此，她们往往熬不到大结局就已经以惨烈的失败而提前收场了。

按照物竞天择的进化论，这一类人物应该早早绝种了才对。然而奇怪的是，从嵇康以降，他们非但没有消失，还经常不经意地照亮我们文化的一片天空。

无论在什么时代，做真实的自己总是要付出一些代价的，有时还需要付出生命的代价。这大概就是"风流"人物往往能格外让人感动，也格外令人惋惜的根源之所在吧。

参不透的黛玉《五美吟》，答案就在她身上

（一）

黛玉自己创作的诗歌，无论是《葬花吟》《秋窗风雨夕》还是《桃花行》，无一不是由当时当下的真情实景触发的感怀之作。而组诗《五美吟》却很特殊，写的是一组历史久远的传奇人物。

一方面，《五美吟》自然体现了黛玉的审美、志趣和价值取向；另一方面，红学家们也一直在试图寻找它背后另一层可能隐藏的意义——诗中关于死亡和离别的反复罗织，不太可能纯属巧合，那么这五首诗就很可能和小说情节之间存在某种照应关系。但绿珠、红拂这些下层女子跌

宕风尘的人生终究和"碾冰为土玉为盆"①、被精心呵护在公府豪门之内的林姑娘相去甚远，且第五首《红拂》乐观激昂的基调又和其他四首以及整本小说格格不入，这就十分令人费解。《五美吟》，成了五个难解的谜团。

也有人认为五美吟分别对应着书中的五个人物，对此我是完全不能苟同的。归纳概括人物命运的职责自有一整套的判词去完成，哪里需要林妹妹多此一举，做出一个系统性的大预判呢？除了判词，小说中虽然有不少谶语，但几乎都是从当事人自己口中说出来的——这也才符合"伏谶"的传统。当然，也有一种例外：宝玉为晴雯写的《芙蓉女儿诔》，却伏下了黛玉的结局。这是因为黛玉和晴雯之间存在特殊的照应，也就是被红学家称为"影身"的关系。

如果《五美吟》写的不是黛玉自己的故事，那就应当是她另一个"影身"的故事。

其实《五美吟》之所以难解，是因为其中那些故事距离贾史王薛这样的诗礼簪缨之族的确太遥远了。那么小说中处境和"五美"有可比性的人，必然是红楼舞台上身份

---

① 黛玉《咏白海棠》中以海棠自喻的句子。

非常特殊的人——她不可能是太太奶奶，也不可能是闺秀小姐，更不会是侍婢丫鬟。如果抛开成见，作者留下的线索其实是非常清晰的：黛玉创作《五美吟》的过程，被编织进了尤氏双艳的故事中。

自从第六十三回回末尤氏姐妹登场，《红楼梦》一干主角都被丢开了。整整六回，作者紧锣密鼓地叙述着二尤的故事，其间只穿插了半回"与此无关"的黛玉文字："幽淑女悲题五美吟。"①

《五美吟》出现在第六十四回恐怕不是偶然。作者借用这五首诗，反复吟咏了尤三姐这个奇女子。

不过在详细分析每一首诗和尤三姐的对应关系之前，我们得先说说《五美吟》的创作时间可能暗藏的玄机。

二尤的故事非常紧凑。四月姊妹俩随母入宁府，六月二姐就嫁给了贾琏；三姐七月择夫，八月自刎；二姐十月被凤姐骗进荣国府，腊月吞金。②

① 《脂砚斋重评石头记庚辰本》第六十七回也有半回黛玉文字："见土仪颦卿思故里。"但此回极大可能是由后人代写的。

② 可参考附录中大观园"三春"的完整时间线。

时间	事件	回目
四月（估）	贾敬去世，二尤入宁国府	第六十三回
五月初四（估）	贾敬出殡	第六十四回
七月	黛玉写作《五美吟》	第六十四回
五月（估）	贾琏情遗九龙佩	第六十四回
六月初三（估）	贾琏偷娶尤二姐	第六十四回
六月（估）	尤三姐大骂贾珍、贾琏	第六十五回
七月	薛蟠回京，尤三姐定亲	第六十六回
八月	柳湘莲进京，三姐自刎	第六十六回
十月十五日	凤姐迎尤二姐进贾府	第六十八回
十二月	尤二姐自杀	第六十九回

　　黛玉写《五美吟》是在第六十四回上半回。此时尤氏姐妹已经进入宁国府，但还没有正式在读者面前亮相。然而奇怪的是，第六十三回写宝玉过生日、贾敬去世、二尤

① 红学界普遍认为宝玉生日在四月。周汝昌先生认为是四月底。贾琏偷娶二姐是"初三日"，只可能是五月初三或六月初三。如果是六月初三，那么贾珍在此后两个月才首次造访小花枝巷，留给尤三姐凌辱群凶以及悔过自新的时间并不足够。假设二姐出嫁是五月初三，则三姐时间线相对合理，但宝玉生日需要提前到三月份。总而言之，小说本身的时间叙事是较为模糊而且可能存在瑕疵的，所列时间表仅供读者参考。

进贾府，明明是四五月间的事，而第六十四回下半回尤二姐嫁给贾琏也不过五六月；唯独夹在中间的第六十四回上半回黛玉写诗，作者却故意点明时间是七月，还让黛玉进行了一个非常古怪的祭奠活动。就连宝玉也感到大惑不解：

> 宝玉这里不由的低头心内细想道："据雪雁说来，必有原故……大约必是七月因为瓜果之节，家家都上秋祭的坟，林妹妹有感于心，所以在私室自己奠祭……"①

周汝昌先生也注意到了时间上的这处不一致，他的观点是，第六十四回后半段的二尤故事为倒叙。其实小说从第六十三回回末已经进入二尤叙事节奏，与其说第六十四回后半段贾琏情遗九龙佩的故事是倒叙，不如说第六十四回前半段的黛玉吟诗是相对独立的插叙。那么作者为何不将黛玉吟诗的时间写为尤二姐嫁给贾琏之前的四五月呢？这样一来时间上会顺畅许多，而且对于故事的推进也不会产生任何影响。倘若作者对黛玉写诗的时间这一处略显刻

---

① 《脂砚斋重评石头记庚辰本》第六十四回。

意的交代不是一个纰漏的话，那便存在一种可能性：将《五美吟》及黛玉的"秋祭"明白指向尤三姐，因为这年的秋天，唯有尤三姐是全书的主角。

作者借宝玉之口提醒我们黛玉祭祀"必有原故"。如果《五美吟》对应的是《红楼梦》中的人物，那这个人物不是已经死了就是将死。从宝玉为晴雯写《芙蓉女儿诔》实际是为悼念黛玉来看，《红楼梦》是有提前"祭奠"的传统的，这也是他进行情节伏谶的一种方式。

那么可供黛玉进行"秋祭"的人选，也就是贾府中即将死亡的女性，实际上也只有尤三姐。

（二）

现在我们来仔细看看这五首诗：

西施

一代倾城逐浪花，吴宫空自忆儿家。

效颦莫笑东村女，头白溪边尚浣纱。

虞姬

肠断乌骓夜啸风，虞兮幽恨对重瞳。

黥彭甘受他年醢，饮剑何如楚帐中？

明妃

绝艳惊人出汉宫，红颜命薄古今同。

君王纵使轻颜色，予夺权何畀画工？

绿珠

瓦砾明珠一例抛，何曾石尉重娇娆？

都缘顽福前生造，更有同归慰寂寥。

红拂

长揖雄谈态自殊，美人巨眼识穷途。

尸居余气杨公幕，岂得羁縻女丈夫？

《五美吟》中的五位女子——春秋西施、秦末虞姬、汉代王昭君、晋朝绿珠、隋唐红拂，选取得非常考究。五位人物严格按照年代顺序排列，每隔两百多年一位，五位历经的时间跨度长达一千年，而且最后一位距离《红楼梦》的成书时间也正好是一千年。

虽然跨越了千年的历史，这五位女子的身世却有着惊人的相似之处：她们都是普通人家出身的美丽女子，于家庭伦理中的身份却往往是含糊的。除了王昭君这位不得宠的宫女，其余诸人皆不过家姬侍妾之流。没有强大的娘家作为靠山，她们因为自己的美貌被卷入了历史的洪流，成为男人们渔色的猎物，或者被用作权力交易的砝码，在滚滚风尘中跌宕沉浮。

黛玉虽然"旅居客寄"[①]，但终究是琼闺秀玉，既有外祖母爱若珍宝，又有知音宝玉温存体贴。她生活在太虚幻境在人世间的投射——大观园之中，无需忍受诗中那些女子身边污浊恶臭、刀光剑影的环境。她今生单纯为完成一个任务而来，自然也就无需面对那些故事中的艰难选择。那些故事对黛玉来说只是一个个传奇，跨越千年催生了共情。

如果没有紧接着登场的这位人物，《红楼梦》和这五位女子的关系，也就只会停留在一个共情的层面。

（三）

尤三姐死后接受了一项任务：前往太虚幻境修注警幻案下所有一干情鬼。那么，谁来修注尤三姐自己的故事呢？

---

① 《脂砚斋重评石头记庚辰本》第七十六回黛玉对湘云说："何况你我旅居客寄之人哉！"

我的答案是：《五美吟》正是作者假借林黛玉之笔，对三姐的提前"修注"。

黛玉的诗通常是从眼前的春花秋月中得到感发，引起自己生命的摇落之悲，以及对终极归宿的哲学思考，这是中国诗歌的一个传统；而这组怀古诗则是从久远的故事中得到感发，联想到社会普遍的规律、人性通常的弱点，这是中国诗歌的另一个传统。

黛玉平常的诗重在抒情，《五美吟》则重在议论。在《葬花吟》中，"质本洁来还洁去，强于污淖陷渠沟""天尽头，何处有香丘"这样的情感抒发就是灵魂；在《五美吟》中，黛玉发出的五次议论就是这组诗歌的灵魂。

我们先看《西施》诗：

> 一代倾城逐浪花，吴宫空自忆儿家。
> 效颦莫笑东村女，头白溪边尚浣纱。

西施的结局有两个版本，一个美好的版本是吴国灭亡后，范蠡携西施共同归隐，泛舟于五湖之上；而另一个残忍的版本则是，西施"沉江"，也就是跳河自尽，或者被什么人淹死了。西施淹死的故事出自《墨子》："西施之沉，其美也。"墨子其实已经回答了西施为什么会死：她长得太美了。

《五美吟》中的《西施》显然采用了西施沉江的版本，诗意非常简明易懂：绝代美女随水而逝，只留下吴宫中的人们空空地想念着你。不要笑话东村那个效颦的丑女，她至少能在溪边浣纱终老。

黛玉的诗是有余韵的，它会将我们引向一种更深层次的思考，而且是宝玉曾经讨论过的哲学命题："山木自寇，源泉自盗。"①

美貌和木材、泉水一样，是一种资源。如果一位美貌的女子和山上的树木、山中的泉水一样没有保护自己的能力，那这种资源一定会被盗取、破坏。

这是五首诗当中的第一首，讲的是尤三姐这种出身背景的女性的命运。

没有公府侯门深宅大院的保护，二尤这对"人间尤物"姐妹花当真就如贾琏兄弟形容的那样，成了砧板上的"肥

---

① 《脂砚斋重评石头记庚辰本》第二十二回。

羊肉"、路边花圃中的"玫瑰花"。假如她们没有那么美，或许就能逃脱被贾珍、贾琏诓骗和霸占的命运。即便嫁个张华这样的破落户，做一辈子清贫的劳动妇女，大概也能波澜不惊地"浣纱"到老，又怎么会于妙龄亡故呢？

《西施》诗很特别，它完全没有去探讨这个人物做了什么事，或者她是什么性格，西施本人甚至根本没有在这首诗中正面出现过。这似乎暗示了作者在二尤故事中所持的观点：她们"失足"的悲剧不应当归咎于她们的人品和性格。从拥有倾国倾城的美貌资源却身处弱势的社会地位那一刻开始，他们成为猎物的命运就已经被注定了。姐妹俩的性格、能力和志向虽然有着天壤之别，但结局一定会殊途同归。

第二首《虞姬》诗比附的是尤三姐的自刎：

> 肠断乌骓夜啸风，虞兮幽恨对重瞳。
> 黥彭甘受他年醢，饮剑何如楚帐中？

虞姬是项羽的宠姬。相传项羽被刘邦围困，听见四面楚歌、看到大势已去，于是发出慷慨悲歌："力拔山兮气盖世，时不利兮骓不逝。骓不逝兮可奈何！虞兮虞兮奈若何！"虞姬也以歌相和，与霸王诀别，随后选择了一种最壮烈的谢幕方式：自刎于垓下。

黛玉这首诗讲的就是这段故事。诗文依然很容易理解：项羽的乌骓马在夜风中长啸，闻之令人肝肠寸断。虞姬面对重瞳子[①]项羽，带着幽恨与他诀别。黥布和彭越与其背叛项羽投靠刘邦，日后再忍受被刘邦剁为肉酱的酷刑，又哪里比得上虞姬当初在楚帐中拔剑自刎来得干净利落呢？

原先选择的路走不通了，究竟要不要换另一条路？

对这个问题，不同的人给出的答案也是不同的。

譬如小红首先想要通过吸引男主人宝玉的注意力来改变自己的人生轨迹，失败后便开始和贾芸传情弄意，同时成功实现工作调动，成了凤姐手下的得力干将。这是小红性格中的变通性，用今天的眼光来看，是社会适应能力强的表现。但是这种变通对于黛玉来说根本就不是个选项——如果"木石姻缘"不能成功，黛玉难道会去考虑别的姻缘

---

① 重瞳即一只眼睛中有两个瞳孔。古代通常认为重瞳乃是帝王之相。相传舜帝就有重瞳，所以名叫重华。此外，据说造字的仓颉、春秋五霸之一的晋文公重耳也是重瞳，而南唐后主李煜有一只眼睛是重瞳。

吗？正如我们前文探讨过的，黛玉的这种纯粹，这种坚持，以及她所代表的这一类人的人生态度，我们是很难从实用主义的角度去考量的。

"黥彭甘受他年醢，饮剑何如楚帐中"这一句就回答了尤三姐身上一个很具争议性的问题：为什么她一定要选择死？难道就不能另嫁他人，或者如她此前所说的出家做尼姑去？

虞姬的时代并不会给她留一条别的生路，看看那两个投靠刘邦的人就知道了，他们不仅丢了气节，最后也没得到善终。尤三姐的时代其实也不会给她留一条别的生路，我们只要看看她的故事中的"黥彭"——尤二姐的结局就知道了。与其苟且偷生，日后忍受更多的屈辱，倒不如用生命来捍卫自己的尊严。虽然尤三姐决意自杀时，内心未必经历了这么复杂的权衡，但至少在黛玉的眼中，三姐的选择是明智和干脆的。

尤三姐很有可能是《红楼梦》原著中唯一一个自刎而死的金钗。作为书中鲜少的"武侠"人物，柳湘莲那"两痕秋水"一般的鸳鸯剑，成就了尤三姐惊天动地的谢幕方式。自刎虽然是三姐与虞姬之间最显而易见的共同点，但这还只是形式层面的雷同。黛玉诗中盛赞的核心，是她们身上那种百折不回、宁为玉碎的坚持。

第三首诗《明妃》写的是王昭君：

> 绝艳惊人出汉宫，红颜命薄古今同。
>
> 君王纵使轻颜色，予夺权何畀画工？

王昭君是汉元帝时的宫女。《西京杂记》记载了一则野史：汉元帝后宫美女众多，来不及一一召见，于是他就另辟蹊径，根据画工给美女画的像来选择宠幸谁。宫女们纷纷以重金贿赂画工，唯独昭君不肯，于是昭君始终没有得到面圣的机会。后来匈奴入朝，向汉元帝求娶美女，皇帝便安排了昭君去和亲。及至使团即将出发，汉元帝才发觉昭君不仅容貌是后宫第一，而且谈吐不凡、举止娴雅。为了不失信于匈奴，元帝硬着头皮将昭君送去了塞外，但回头就杀死了那群画工，并从他们家中搜出了巨额财产。

黛玉的诗大体意思是：绝艳惊人的王昭君离开了汉宫去塞外和亲，令人感叹古往今来的美女总难有好的归宿。就算君王不看重美女，又怎么能把决定他人命运的权力交到画工手上呢?

这首诗将矛头直指汉元帝，谴责他根本不把女人和她们的前途当一回事，偏听偏信，将昭君推向了命运的深渊，而他自己后悔也无益了。

这个故事和黛玉自己不存在任何联系。黛玉从小和宝玉一起长大，两个人深深相知，情投意合。宝玉不会轻视女性，更不需要通过别人来了解黛玉。神瑛和绛珠之间有着千万人所不及的前世因缘，黛玉为王昭君感到的悲愤显然并非出于相同经历所引发的共鸣。小说所有人物当中，和这首诗契合得丝丝入扣的，依然只有尤三姐。

柳湘莲和尤三姐本来是要结为夫妻的，柳湘莲却因为几句含糊不清的闲言便决意悔婚。柳湘莲是尤三姐的"汉元帝"，而宝玉的轻薄话，则令他无意中扮演了一次"画工"的角色。

黛玉批评汉元帝，其实是在批评柳湘莲；批评柳湘莲，其实是在批评一种社会常态：女性无法主宰自己的命运，而主宰她们命运的人，却根本没有把她们的命运当一回事。

后面一首诗写的是绿珠：

瓦砾明珠一例抛，何曾石尉重娇娆？

都缘顽福前生造，更有同归慰寂寥。

　　尤三姐选定柳湘莲时曾经说，如果不是她自己喜欢的
人，纵使"富比石崇，才过子建，貌比潘安"，她也不愿意嫁。
这里提到的石崇，便是绿珠故事里的男主角。

　　石崇是西晋乱世里一个比皇帝还有钱的巨富。有一
次他在合浦，见到了善吹笛的绝色采珠少女绿珠，便以十
斛珍珠的代价换了她回来。石崇有一个几乎和曹操的铜
雀台齐名的别馆——金谷园，经常出入这一地方的"金谷
二十四友"中包括了太康文学的几位代表人物：大才子左思、
"鹤唳华亭"故事的主角陆家兄弟，以及三姐说"貌比潘安"
的那位著名美男子潘安。绿珠被石崇买来之后，便成了金
谷园众多美女姬妾中的一员。后来石崇有个政治对手孙秀
看中了绿珠，向石崇索要，石崇不给，孙秀便矫诏捉拿石崇。
在危急关头，石崇对绿珠说，"我今为尔得罪"。绿珠便
泣道，"当效死于官前"，纵身跃下楼而死。石崇之祸背
后其实牵涉复杂的政治斗争，因此绿珠之死当然也不可能
令他免罪——石家仍然被灭了族。

黛玉这首诗用了明珠换美人和石崇、绿珠"同归"的典故，诗意是说在石崇那里，明珠也被当成瓦砾一般随手抛弃，他何曾真正地理解和看重过女性？石崇何德何能换来绿珠的一片真情、以死相报？这大概就是他前世修来的"福分"吧！两人同死同归，倒也不算太寂寞了。

古人吟咏绿珠的诗歌不少，大多是赞扬她殉主的忠义，或者对她无辜惨死的同情。黛玉这首却是非常大胆的翻案之作，指责当权者的无情和无能，而把满腔同情给予了从不曾被真正理解和尊重的弱者，和前面昭君诗的诗意是一脉相承的。不过它却比前一首新增了两个关键元素：首先是绿珠对石崇的以死相报，对应了尤三姐"以死报此痴情"；其次是石崇和绿珠的"同归"。在《红楼梦》已知的和可以合理推测的情节中，除了一笔带过的殉了情的张金哥和守备之子，能够被称为"同归"的，大概就只有三姐自刎而柳湘莲紧接着出家，同归离恨天的这一对了吧。可怜其余枉死的诸钗，连一个同路之人都不会有。

《红楼梦》第一回便讲了宝玉和黛玉的前世故事。为了报答神瑛侍者前世对绛珠仙子的甘露灌溉之恩，绛珠下凡为黛玉，用今生的眼泪来偿还神瑛转世而成的宝玉。"因此一事，就勾出多少风流冤家来，陪他们（神瑛侍者和绛珠仙子）去了结此案。"

也就是说，同时陪他俩下凡的其他诸人，也都是"风流冤家"，是去了结各种恩怨纠葛的。"顽福前生造"的说法，和这个大背景是吻合的，可见《五美吟》写的就是警幻案下的故事。作者之所以做这样的设定，大概是因为人与人之间的情缘有时候是很难解释清楚的。正如汤显祖所说，"情不知所起，一往而深"。尤三姐对柳湘莲的一见钟情是如此，柳湘莲在三姐自刎后突然的彻悟亦是如此。"情不知所起"和"顽福前生造"，能帮我们理解这些在我们平庸的日常生活中很难遇到的戏剧性的故事，即作家对于生活本身的艺术性表达。

组诗的最后一首陡然变了一个基调，讲的是红拂女的励志故事：

> 长揖雄谈态自殊，美人巨眼识穷途。
> 尸居余气杨公幕，岂得羁縻女丈夫？

杨素是隋朝显贵已极的权臣，府邸宏大奢华堪比皇宫，后院的家妓美妾数以千计。红拂就是杨素的家妓之一，本姓张，常手持红拂随侍杨素左右。一天，无名小卒李靖来访，杨素"踞床而见"，态度十分傲慢。李靖对杨素施长揖不拜，表现得不卑不亢、有礼有节。李靖还当面指责杨素待客不周，杨素连忙谢罪。李靖的高谈雄辩也让杨素心悦诚服，可惜杨素本人已经老朽，耽于富贵享乐，早就斗志全无了。

杨素拒绝了李靖共图大业的提议，旁听的红拂却看出李靖很有前途，于是连夜出逃投奔了他。李靖有些担心杨素走失家妓不会善罢甘休，红拂却回答说："彼尸居余气，不足畏也。诸妓知其无成，去者众矣。"李靖携红拂至太原投奔李世民，果然辅佐李家建立了唐朝，名列"凌烟阁二十四功臣"之一。而红拂在传奇话本中与李靖、虬髯客并称"风尘三侠"，也算建立了自己的一番事业。

黛玉诗意是说，红拂巨眼识人，能从气度谈吐看出困顿中的李靖将来必定大有作为。已经腐朽没落的杨素府，又怎么可能困住这位女中豪杰呢？

五美之中，三人自尽，一人远嫁，只有红拂得到了一个美满的结局。这般的美满，反倒和小说的悲剧基调脱节了。因此这第五首也是《五美吟》中最令红学家们感到百思不得其解的一首。

我们来看看红拂故事的关键：她并不贪恋杨素府的荣华富贵，宁愿自己闯荡江湖；她有超凡的眼力，判断出李靖这个落魄书生并非久居人下之人；她还有令人惊叹的勇气——投奔一个很可能根本不曾注意过自己的陌生男子，这哪是普通女孩子有胆做的事！

有一些红学家认为，黛玉的《红拂》暗示了她日后可能会私奔，至少是严肃地考虑了私奔。这点我实在不敢苟同。黛玉虽然不像宝钗那样时时刻刻不忘自己的"身份"，但她脱口念出一句《西厢记》也是要羞愧得无地自容的，又怎么可能去私奔，做了自己外祖母口中"鬼不成鬼，贼不成贼"①的那种女人？贵族小姐们从小接受的家庭教育，以及她们在家庭伦理中被安放的位置，都让她们不可能把"私奔"作为一个选项。退一万步讲，就算黛玉真的决意私奔，对象也只可能是宝玉。宝玉是个心安理得"啃老"的富家公子，又和黛玉是青梅竹马；他和白手起家且与红拂仅有一面之缘的李靖之间的差别，就像极地松树和亚马孙雨林

---

① 《脂砚斋重评石头记庚辰本》第五十四回贾母语。

的差别一样大。就算黛玉真的和宝玉跑了，这个故事也和《红拂》中最关键的两个字——"巨眼"没有一点关系。换个角度说，如果黛玉写诗的时候思考的是自己和宝玉的前途，那她选取的就必然不会是红拂夜奔的典故了。

试问在整部小说中，能够当得起"巨眼"二字，当得起蒙府本那句"红拂、文君一流人物"的，除了尤三姐还有别人吗？

不贪恋贾府的优渥生活，却对落拓不羁的柳湘莲青眼有加，已属难得；在男方毫不知情的情况下做出非他不嫁的决定，更是罕见。三姐的勇气和自信，比那些"私定终身后花园"的"佳人"们高了岂止十倍！堪称红拂再世。

如果三姐跟着柳湘莲走了，难道不是比她待在贾府的结局好得多？两个豪爽不羁的人一起浪迹江湖，岂不能成就一段"风尘双侠"的佳话？对于一个并不贪图权势富贵的女性来说，难道还能在《红楼梦》的世界中找到比这更好的归宿吗？选择柳湘莲，是尤三姐改变自己命运的最有希望的一次尝试。

三姐堪比红拂，但柳湘莲终究不是李靖。他自己自由放诞，"眠花卧柳，吹笛弹筝，无所不为"[1]，但在考量自己未来妻子的时候又摆脱不了世俗成见的影响，终究做了个自毁风月鉴的贾代儒。他决策的过程是那样草率、反复和任性，何曾真正考虑过自己的一时意气即将彻底撕碎一个弱女子的前途和人生！

尤三姐没能等来那双带着自己远走高飞的翅膀。她具备红拂的才智勇气，却没有红拂的时运。

也可能，那个愿意接纳红拂的李靖、那个能令红拂一展抱负的唐朝，本来就只是传说。

这五首诗其实有一个共同的议题：女性可不可以、应不应该主宰自己的命运？

在这个宏大的议题下面，五个子话题又"恰巧"可以一一回答和尤三姐有关的五个关键疑问：西施之死解释了尤三姐为什么会"失足"；虞姬之死赞美了尤三姐在湘莲面前自刎的选择；王昭君的故事指责了柳湘莲的偏听偏信和他骨子里对女人的轻视；绿珠的故事评价了三姐的斩情和湘莲的出家；红拂的故事歌颂了三姐主动选择、积极追

---

[1] 《脂砚斋重评石头记庚辰本》第四十七回。

求爱情的勇气。

黛玉先是称扬了虞姬追随霸王，"饮剑楚帐"，后来却又赞美红拂背弃杨素改投李靖，那到底是应该坚持初衷还是勇于求变？如果没有三姐的故事把这看似矛盾的两种立场串联起来，读者可能会心存疑问。

《五美吟》五首诗都是在点评尤三姐的人生故事，只不过尤三姐的结局并没有停留在组诗的最后一首《红拂》罢了。

黛玉少见的乐观激昂之作《红拂》，被视作和黛玉诗风以及全书基调格格不入，但当我们将之与三姐之死对比来看，就会发现这朵被现实土壤无情摧折的希望之花，其实最为令人绝望。

（四）

宝钗看到黛玉的诗作之后大加赞赏，她拿《明妃》诗来举例子：

> 做诗不论何题，只要善翻古人之意……前人所咏昭君之诗甚多，有悲挽昭君的，有怨恨延寿的，又有

讥汉帝不能使画工图貌贤臣而画美人的，纷纷不一。后来王荆公复有"意态由来画不成，当时枉杀毛延寿"；永叔有"耳目所见尚如此，万里安能制夷狄"。二诗俱能各出己见，不与人同。今日林妹妹这五首诗，亦可谓命意新奇，别开生面了。

宝钗像个阅卷老师一样圈点着黛玉的诗歌——她自己也一直是用满分作文的评价标准去写诗的。她认为评判好诗的第一条标准是要"善翻古人之意"，要"能各出己见，不与人同"，即"命意新奇"。"昭君"是一个俗旧的题目，而宋代王安石的"意态由来画不成，当时枉杀毛延寿"、欧阳修的"耳目所见尚如此，万里安能制夷狄"却能写得不落俗套。黛玉的诗又与以上诸公不同，所以别开生面。

然而黛玉却从来不是为了获得高分而创作的。若不是真心感怀这些女子令她"可欣可羡可悲可叹"的终身遭际，她又何须设鼎焚香、敬瓜献果、流泪祭拜？

因此黛玉的诗当然和他们都不同！

即使是学富五车的宰相、大学士，又有几个能脱离男性的立场和眼光呢？"意态由来画不成"的王昭君，仍然是男性注视下的美女形象，是男子心中的"第二性"。至于其他同情昭君的文人，也大多是在借昭君之不如意，哀叹自己的不如意。

而黛玉的"君王纵使轻颜色，予夺权何畀画工"，大胆质问了一种被奉行了几千年的社会规则：为什么女性可以被当作物品一样随意处置？这正是昭君故事中的关键问题所在，但因为这种规则早已被视作理所当然，根本无人审视，才会显得黛玉的《明妃》诗如此"命意新奇"。

因而黛玉的《五美吟》，根本不是什么别开生面的文学创新，而是一种和几千年来的社会主流相左的意识觉醒。

有了前四首诗中女性对于命运无力自主的铺垫，才有了第五首《红拂》这个最强音：在一个女性永远被选择、被牺牲的世界，竟然有女子敢于争取主动权，竟然有女子能够主宰自己的命运！她太有见识，也太有勇气了，因此她在黛玉的眼中是真英雄，是"女丈夫"！

其实黛玉焉敢照做？她只要如此地表达一下对红拂的羡慕之情，已然是能让腐儒们大惊失色的危险思想了。

黛玉曾经因为随口念出两句《牡丹亭》《西厢记》里的句子而受到了宝姐姐的严厉教导："（女孩子）最怕见

了些杂书，移了性情，就不可救了……"① "辅国治民"是男人的分内之事，而"针黹纺绩"才是女人的分内之事。当下被折服的林黛玉虽然大改了往日的脾气，却是诗照写，书照看，第二年还写下了这五首翻案神作。试问这五位女子，哪一个是安心做"针黹纺绩"分内之事的妇德楷模？

和思春的杜丽娘、私定终身的崔莺莺相比，出奔的红拂简直是不可救药的"失足"女之集大成者。然而这次宝钗只将黛玉有严重思想问题的诗作解释为创作技巧层面的"善翻古人之意"，而完全没有批判其中的"错误"意识。这大概是因为杜丽娘、崔莺莺这样的贵族少女和黛玉之间是有可比性的；而红拂等人在身份金字塔、伦理金字塔中的位置，距离黛玉和宝钗实在是太遥远了，宝钗下意识地觉得黛玉根本不可能是有感而发，而仅仅是为了写诗而写诗罢了。这当然反映出宝钗和黛玉创作态度的根本不同，但也从侧面验证了我们的判断：组诗所吟咏的对象和黛玉本人无关，而是她在另一个阶层的"影身"。

西施、虞姬、昭君、绿珠和红拂这五位人物，大致来

---

① 《脂砚斋重评石头记庚辰本》第四十二回。

自朱熹眼中圣远言湮、礼崩乐坏的那一千年。斗转星移，到黛玉为她们写《五美吟》时，又过了千余年。在千年的历史烟尘中，她们的面目早已模糊难辨，抽象成了一个个传奇。而三姐，却是在黛玉生活不远处的昭君、红拂。

黛玉对五美止于精神上的认同，尤三姐却是切切实实用行动做出来了。

黛玉和三姐之间有很多共同点，却不是所有读者都能察觉到的。这两个人的共性，是超越阶层、超越性格、超越人生境遇、超越"洁"与"不洁"这些表层因素的，触及人格本质的东西。

三姐，宝玉的坊间知己

（一）

我们再引用一次《脂砚斋重评石头记》蒙府本那句经典的清人批语："能辨宝玉能识湘莲，活是红拂、文君一流人物。"

尤三姐出场时间很短，文字只有四千；"辨宝玉"和"识湘莲"，算得上是她的两桩大事迹了。

"辨宝玉"的故事发生在尤二姐嫁给贾琏以后。

贾琏、尤二姐夫妇给尤三姐设了"鸿门宴"，结果尤三姐先发制人表示丈夫我要自己选。就在三姐表态要自己择夫和她正式揭晓自己的心上人之间的这个当口，发生了一个小插曲：贾琏的小厮兴儿来到了小花枝巷，叫走了贾琏。尤氏姐妹便和兴儿聊天，询问了贾府里的许多人——从凤姐开始,聊到宝钗、黛玉等姑娘,再后来便说到了宝玉身上。

兴儿便笑话了宝玉一通,说他不仅不读书,而且每日里不务正业:

> 我们家从祖宗直到二爷,谁不是寒窗十载,偏他不喜读书……成天家疯疯颠颠的,说的话人也不懂,干的事人也不知。外头人人看着好清俊模样儿,心里自然是聪明的,谁知是外清而内浊,见了人,一句话也没有。所有的好处,虽没上过学,倒难为他认得几个字。每日也不习文,也不学武,又怕见人,只爱在丫头群里闹……

"文化人"贾雨村曾说宝玉是个"正邪两赋"而来之人:"置之于万万人之中,其聪俊灵秀之气,则在万万人之上;其乖僻邪谬不近人情之态,又在万万人之下。"而兴儿对宝玉的这段评价,则是"没文化人"眼中口中的"正邪两赋":"外清而内浊""疯疯癫癫",世人要他去走的正途他偏不走,却专干一些和常规格格不入的事,所以"说的话人也不懂,干的事人也不知"。这才是宝玉社会形象的真实写照。

世人都在巴结贾宝玉，不过是图他那"玉"，也就是国公府少爷的身份罢了；对于他"顽石"的本质，他们其实是鄙薄的。他们看不到他的聪明，理解不了他的仁厚，甚至嘲笑他的学问还不如那个修辞水平止于"玫瑰花儿刺大扎手""肥羊肉烫得慌"的贾琏……

兴儿对宝玉的看法十分荒唐片面，然而他对自己的看法却有十二分的自信，因为他的判断也是大家的判断。随着越来越多人听到并选择相信，这个判断便渐渐成了"真理"。人是群居动物，和大家说一样的话、做一样的事永远是最安全的。这正是共识很容易被误导，而"口碑"往往并不可靠的原因。庸人欣然加入庸众的行列，唯有智者才会凭自己的观察和思考得出结论。

尤二姐便是个庸人。她一听到兴儿的评价便信以为真了："我们看他倒好，原来这样。可惜了一个好胎子。"

三姐却是个智者。她提醒姐姐，我们也和宝玉有过接触，我们完全可以得出自己的判断："姐姐信他胡说，咱们也不是见一面两面的。"然后她便提到了在贾敬丧礼期间亲身经历的两件小事：和尚绕棺和二姐吃茶，从中可以看出宝玉心里是极其细致、极其明白的。他宁可牺牲自己的形象，也要努力让女孩子们觉得舒服一点：

> 这两件上，我冷眼看去，原来他在女孩子们前不
> 管怎样都过的去，只不大合外人的式，所以他们不知道。

三姐不肯听信传闻，而是自己用"冷眼"不带感情色彩地去观察；而且她也并不在意"外人的式"，也就是不理会世俗的礼仪标准的约束，所以她能发现"他们不知道"的宝玉身上的闪光点。这就是"巨眼"。"巨眼"能穿透成见，看到俗眼看不出来的东西。

反观湘莲，已经快要亲眼见到三姐了，却偏要让别人的说法去裁夺自己的婚事，再根据世俗的成见否定三姐这个人。"君王纵使轻颜色，予夺权何畀画工？"湘莲的确是应该惭愧"堂堂之须眉，诚不若彼一干裙钗"的！

（二）

可惜三姐和宝玉的接触仅止于在贾敬丧事上"见一面两面的"，不然两人或许会发觉彼此真的是知音。

宝玉这个人，满脑子叛逆思想。

宗法制度本质上就是要把一切都分出高低贵贱——用尽可能详细的等级序列，打造家国同构的身份和伦理金字塔。

体现在贾府规矩中，父亲是可以随意使用暴力制服儿子的；妻子对于丈夫做的荒唐事是不便闻问的；即便是兄弟之间，"凡作兄弟的，都怕哥哥"[①]。

然而宝玉对这种人为划定的高低贵贱却一向不认同——即使这划定总体而言对他本人大大有利。由于父子叔伯兄弟的秩序是圣人孔子交代的，他不敢忤逆，"只得要听他这句话"，但也不过是"尽其大概的情理"[②]，表面上过得去也就罢了。他不仅不希望弟弟贾环怕他，就连主仆间的尊卑也是无可无不可的，所以兴儿才对尤氏姐妹说"没人怕他，只管随便，都过的去"。宝玉意识中那种超前的"平等"思想，本质上和宗法社会的秩序规则是格格不入的。

见到清贫仕宦人家的孩子秦钟，宝玉竟生出这样的念头：

---

① 《脂砚斋重评石头记庚辰本》第二十回。
② 同上。

天下竟有这等的人物！如今看来，我竟成了泥猪癞狗了。可恨我为什么生在这侯门公府之家，若也生在寒门薄宦之家，早得与他交结，也不枉生了一世。我虽如此比他尊贵，可知锦绣纱罗，也不过裹了我这根死木头；美酒羊羔，也不过填了我这粪窟泥沟。"富贵"二字，不料遭我涂毒了！①

照世俗的眼光，宝玉的身份远较秦钟尊贵，而他却觉得自己和秦钟相比只是"泥猪癞狗""死木头""粪窟泥沟"。为了打破身份的藩篱，他宁可不要这富贵的出身。

宝玉这层痴意，涉及男女性别的时候表现得更为极端。

宝玉打小的名言便是"女儿是水作的骨肉，男人是泥作的骨肉。我见了女儿，我便清爽；见了男子，便觉浊臭逼人"②。这番"歪理"后来逐渐发展为"原来天生人为万物之灵，凡山川日月之精秀，只钟于女儿，须眉男子不过

---

① 《脂砚斋重评石头记庚辰本》第七回。
② 《脂砚斋重评石头记庚辰本》第二回。

是些渣滓浊沫而已"[①]。

在正统看来，乾为尊、坤为卑是宇宙的基本秩序；男为尊、女为卑则是家庭的基本秩序。《礼记·中庸》记载："君子之道，造端乎夫妇。"《荀子》则评论道："夫妇之道，不可不正也，君臣父子之本也。"总之，男女关系被看作一切社会关系的起点。如果夫妻的尊卑乱了，那么父子、君臣的尊卑也会发生混乱，儒家辛苦构建的伦理金字塔就岌岌可危了。

所以，宝玉的"疯话"其实是在向整个社会伦理的根基宣战。

不仅不屑于正统规定的尊卑，宝玉还痛恨正统规划的道路，认为科举仕途的社会攀爬之路是对人性的一种异化。那些被贾雨村尊为"大仁之人"的儒学、理学家们，到了"正邪两赋"的贾宝玉眼中，恐怕有一半都要成了令人厌恶的道学先生、政治投机分子了吧。

---

① 《脂砚斋重评石头记庚辰本》第二十回。此话似乎是受到了南宋谢希孟的启发。庞元英《谈薮》记载谢希孟为鸳鸯楼作记，有"英灵之气，不钟于世之男子，而钟于妇人"等语。谢被称作中国性别平等思想的第一人。

宝玉"歪理"的成熟期当是他那次被父亲毒打后反而"因祸得福"，在贾母的庇护下有恃无恐地每日悠游闲逛：

> 或如宝钗辈有时见机导劝，（宝玉）反生起气来，只说："好好的一个清净洁白女儿，也学的钓名沽誉，入了国贼禄鬼之流。这总是前人无故生事，立言竖辞，原为导后世的须眉浊物。不想我生不幸，亦且琼闺绣阁中亦染此风，真真有负天地钟灵毓秀之德！"因此祸延古人，除四书外，竟将别的书焚了。众人见他如此疯颠，也都不向他说这些正经话了。独有林黛玉自幼不曾劝他去立身扬名等语，所以深敬黛玉。[①]

他痛恨孔子以后的儒学家们"无故生事"建立了一通学说，非要逼着男人们去考试做官，并且把闺阁当成了自己的精神避难所。当他看到连女孩子们也受了这些道统学说的荼毒，"学的钓名沽誉，入了国贼禄鬼之流"，就加倍地感到气愤。

---

① 《脂砚斋重评石头记庚辰本》第三十六回。

宝玉的想法实在有些一厢情愿。不仅男人们把他的顽愚当成茶余饭后的谈资，就连被他盛赞的女儿们也并不领情，也要笑话他没出息，"没见你成年家只在我们队里搅些什么"[1]。

就连宝玉深敬的知己黛玉在听到宝钗那一通正统儒家价值观，说"辅国治民"是男人的分内之事，而"针黹纺绩"才是女人的分内之事，男女有别，各司其职，归根结底是要遵守秩序，履行自己在社会和家庭中的义务时，也只能"垂头吃茶，心下暗伏"[2]。

这些大道理就是宗法社会的绝对正义，她不服又能如何呢？

而那位和黛玉长得很像的尤三姐，对男女之贵贱问题却有过一番大胆的发言。

贾琏兄弟包占了二尤姐妹之后，三姐反客为主，每每故意勾引调戏贾家那几个男人，还对二姐说："姐姐糊涂。咱们金玉一般的人，白叫这两个现世宝沾污了去，也算

---

① 《脂砚斋重评石头记庚辰本》第三十二回史湘云语。
② 《脂砚斋重评石头记庚辰本》第四十二回。

无能……"

从身份上说，贾珍、贾琏分别是世勋望族的族长、少爷，有钱有权又有官爵在身，是金字塔顶端的权贵阶层；而尤氏姐妹却来自无钱无势的普通人家。从伦理上说，贾珍、贾琏是兄、是夫；而二尤是女子、是妻妾，仍然处于下层，更何况还"失了足"。

在秩序至上的宗法社会里，二尤对二贾应该是要绝对顺从的。尤二姐的确这样做了。她在宁国府时服从贾珍，嫁给贾琏后又绝对服从贾琏，进入贾府后甚至心甘情愿地归顺了贾琏的正妻凤姐。她不仅为自己的"名不正"理屈，更为曾经的"失了足"而气短。直到死的时候二姐都不曾抱怨过贾琏等人一句，反而对妹妹说："今日之报既系当然……奴亦无怨。"

三姐却和二姐截然相反。

三姐可不管男女尊卑、身份贵贱那一套，她就认为自己姐妹如"金玉一般"珍贵，而那对败絮其中的兄弟不过是"现世宝"罢了。她不仅坚决不肯臣服，还要反过来骑到他们头上。这岂不是反了！

我们今天的读者骂贾珍、贾琏一句"现世宝"或许不是难事，但尤三姐身处当时的社会环境，竟能做到不受世俗观念影响，说出如此人间清醒的话，实在是令人惊叹。

三姐不仅根本不在乎权势地位的差别，更能冲破伦理道德的条条框框，她只看一个人的本质。在这点上，她和宝玉的价值观是完全一致的。那句掷地有声的"咱们金玉一般的人"，偏只可能出自一个受到较少教养和管束的小市民女儿口中，成了宝玉"女儿是水作的骨肉""山川日月之精秀，只钟于女儿"的妄语狂言遥远的空谷回响。

（三）

和贾珍、贾琏在酒席上撕破脸之后，尤三姐搞了一系列很出格的报复行动，拼命勾引和羞辱贾家兄弟叔侄，狠狠糟蹋他们的钱财。这在当时算是泼妇和荡妇行径，却很管用。就连脸皮最厚、手段最多的贾珍也拿她毫无办法。

贾珍虽然降不住三姐，却又舍不得找个人家把她聘了。二姐和贾琏想出来的解决方案竟然是让三姐自己去解决："让他自己闹去。闹的无法，（贾珍）少不得聘他。"

宝玉那个"混世魔王"的名号，用在三姐身上倒是很贴切。三姐完全不受礼教的束缚——豁得出去，做得出来。

同样是清醒的叛逆者，其实宝玉除了偶尔摔一摔自己的玉、失脚踢过一次袭人，其余时候很少展现出"魔王"的样子。宝玉这个嘴上的"革命家"，于行动力上却是个"废人"。无论是为金钏儿、芳官、晴雯还是为黛玉，他何曾拼了性命闹上一次？林黛玉曾打趣宝玉是"银样蜡枪头"，到头来竟不算冤枉了他。

家庭的管束、礼教的不容许是一个原因，宝玉本人性格中的逃遁和软弱则是另一个原因。

宝玉和尤三姐的折簪为誓，也是遥相呼应的孪生情节。

有一次，袭人嗔宝玉不听自己的劝告。"宝玉见他娇嗔满面，情不可禁，便向枕边拿起一根玉簪来，一跌两段，说道：'我再不听你说，就同这个一样。'"①

宝玉张口就来的恶誓和柳湘莲的"大丈夫岂有失信之理"一样可笑。

而三姐择夫后，却做出了和宝玉一模一样的动作：

　　只见尤三姐走来说道："姐夫，你只放心。我们

---

① 《脂砚斋重评石头记庚辰本》第二十一回。

不是那心口两样的人，说什么是什么。若有了姓柳的来，我便嫁他。从今日起，我吃斋念佛，只伏侍母亲，等他来了，嫁了他去，若一百年不来，我自己修行去了。"说着，将一根玉簪，击作两段，"一句不真，就如这簪子！"

同样的承诺，宝玉不过是说说而已，三姐却用自己的生命去践行。

作者塑造出了三姐这个宝玉的"知音"。她和他处处相呼应，却又弥补了他的短板。她具备了他所没有的坚定的英雄主义和无畏的战士品格。对于宝玉来说，尤三姐是一种补偿，也是一种讽刺。对于尤三姐来说，她已经处在了一个与社会近乎对立的、孤独且毫无退路的位置。

假如柳湘莲没有"误会"她

（一）

三姐的故事结束得那么急促，又似乎夹杂着误会和偶然性，难免让人心生不甘，替她设想出平行时空的种种可能性。

当柳湘莲向宝玉打听三姐来路的时候，宝玉的口气显得有些轻浮："他是珍大嫂子的继母带来的两位小姨。我在那里和他们混了一个月，怎么不知？真真一对尤物，他又姓尤。"

假如宝玉没有"出卖"尤三姐，尤三姐还会死吗？

而贾琏说合三姐和柳湘莲婚事的时候，"便将自己娶尤氏，如今又要发嫁小姨一节说了出来，只不说尤三姐自择之语"。

假如贾琏对柳湘莲说明是尤三姐主动选择了他，尤三姐还会死吗？

这些问题令当代读者争论不休，却很难得出确切的结论。在我看来，这些问题其实都可以通过逆向思维来解决。

我们不妨反过来思考，作者为什么要让宝玉对柳湘莲介绍三姐是个"尤物"，"我在那里（宁国府）和他们混了一个月"？他又为什么要让贾琏在湘莲面前"只不说尤三姐自择之语"？

（二）

在回答上面两个问题之前，我们必须首先厘清所谓"误会"。

宝玉和贾琏对湘莲造成误导，使湘莲"误会"了尤三姐，这恐怕是续作者的理解——当然，这也在一定程度上影响了很多读者的理解——和原著对三姐、湘莲之间的悲剧设计其实有不小的出入。

我们在本书第三部分详细对比过文本。

经程高本篡改之后，尤三姐和柳湘莲的悲剧变成了经济学上经典的信息不对称问题：尤三姐出淤泥而不染，柳湘莲则认定了淤泥里绝开不出白莲花来。尤三姐拔剑自刎证明了自己的清白，是个名副其实的"烈女"，湘莲则为自己误会了三姐而后悔不已。

将三姐说成是烈女的确能将整个故事讲出来一个逻辑闭环，而且在中国古典小说中算得上是一种经典的悲剧范式。可惜它并不符合原作者的构思。

在原作者笔下，湘莲对尤三姐虽不甚了解，但并不存在什么天大的误会。尤三姐虽然性格刚烈，却从来没有被塑造成一个物理意义上的"清白"女子——作者直写三姐择夫后"夜晚间孤衾独枕，不惯寂寞"，难道还不够明白吗？尤三姐根本不属于抱着贞节牌坊而死的"烈女"类型。

原著里尤三姐之死被明白标注为"耻情"，而那位因为和宝玉开了两句玩笑被逼得跳了井的金钏儿才是"情烈"，一丝不乱。

三姐死后托梦给柳湘莲，是这样说的："妾痴情待君五年矣，不期君果冷心冷面，妾以死报此痴情……从此再不能相见矣。"

湘莲不舍，还要纠缠。"那尤三姐便说：'来自情天，去由情地。前生误被情惑，今既耻情而觉，与君两无干涉。'

说毕，一阵香风，无踪无影去了。"

尤三姐既不是为了自己的"清白"郁愤而死，也不是为了自己的"不清白"羞愧而死，她的死和"清白"二字根本就毫无关系——作者交代得非常清楚，她是为了"情"而死。在尤三姐给柳湘莲短短八十九个字的最后的"视讯留言"中，"情"字竟然出现了七次之多。

自刎，是三姐斩情的方式。"来自情天，去由情地"，虽然是禀着深情来到这个世界上，但如果一个人为了情而迷失了自己，那情就从无尽之宝藏变成了无底的泥沼。"耻情而觉"，既是自我的觉醒，也是女性的启蒙，是《红楼梦》里晦暗中世纪的文艺复兴。

觉醒之后，尤三姐就回太虚幻境完成自己的事业去了，从此与柳湘莲再无瓜葛。

《红楼梦》自称"大旨谈情"，作者又将第六十六回的回目定为"情小妹耻情归地府"。尤三姐这个被钦定点了题的"情小妹"，竟然用一种决绝的姿态否定了情本身。这难道不是通部书的大彻悟、大转身、大批判之处？

没有人会无休止地和另一个人痴缠在一起，人首先是为了自我的完成而活。

柳湘莲这边，他对尤三姐的态度转变，也和"贞洁""清白"毫无关系。柳湘莲之所以受到极大的震撼，之所以感到极度的后悔，是他终于意识到比世俗意义上的"清白"更加宝贵的东西。

所以，柳湘莲对尤三姐其实根本不存在误会——生前把她当作淫奔女并不是一场误会，死后将她视为"刚烈贤妻"亦不是一场误会。

三姐和湘莲，真就如两把合体的鸳鸯宝剑，"冷飕飕，明亮亮，如两痕秋水一般"。然而却终是鸳鸯两散，秋水无痕……

如果他们不是因为误会而错过，那么问题到底出在哪里呢？

（三）

我们先聊一聊柳湘莲的身世：

> 那柳湘莲原是世家子弟，读书不成，父母早丧，素性爽侠，不拘细事，酷好耍枪舞剑，赌博吃酒，以至眠花卧柳，吹笛弹筝，无所不为。因他年纪又轻，

生得又美，不知他身分的人，却误认作优伶一类。[1]

妥妥的又一个"正邪两赋而来之人"！

看看柳湘莲平时都干些什么。那时候可没有电视、直播、手游，男人们的消遣娱乐活动不外乎就是吃酒赌博、男欢女爱。柳湘莲放着"正路"不走，却把大好青春挥霍于寻欢作乐，可不就是正统眼中"无益于今，有败于俗"的那一类闲人吗？

柳湘莲这个人物，和贾芸对比着看特别有意思。两人都属于士人阶层，出身世家而家道中落了。两个人都读书不成，因此都不可能寻到一条正统的出路。虽然同属不务正业之流，相比贾芸的脚踏实地，柳湘莲却把歪门邪道走得分外高调。一方面两人的家庭环境存在细微差别：贾芸要供养照顾母亲，就不得不处处克制；而柳湘莲父母双亡，得以格外随性放纵。另一方面则是性格存在差异：贾芸为人心思深细、圆滑隐忍；柳湘莲却受不得委屈，甚至有些浮躁。

---

[1] 《脂砚斋重评石头记庚辰本》第四十七回。

柳湘莲没有贾芸迂回谋事的韧性，但他也绝没有贾芸工于谄媚的俗气。

柳湘莲没有士农工商的固定职业，用现在的话说就是个自由就业者。串戏本来就只是个业余爱好，而这个爱好又并不符合他的世家身份，十分容易让人误会。因为优伶在当时属于贱籍，往往沦为权贵玩弄的对象——忠顺王府四处捉拿琪官蒋玉菡的事，读者们应该都有印象。呆霸王薛蟠就曾对柳湘莲产生了误会："打听他最喜串戏，且串的都是生旦风月戏文，不免错会了意，误认他作了风月子弟。"[1]

在一次宴会上，薛大傻子想要霸占"小柳儿"。湘莲听后"火星乱迸，恨不得一拳打死"，碍于朋友脸面只得"忍了又忍"，最后折中之计将薛蟠骗到城外毒打了一顿，自己则一溜烟跑了。[2]

柳湘莲对薛蟠的处理，又可以和凤姐对贾瑞的处理对比着看——这两人都是亦正亦邪的。拒绝薛蟠是柳湘莲正

---

① 《脂砚斋重评石头记庚辰本》第四十七回。

② 同上。

的一面，诱骗薛蟠是他邪的一面；暴打薛蟠是他真性真情的一面，"惧祸走他乡"则是他缺乏担当的一面。

打了人的柳湘莲出走避祸，挨了打的薛蟠也外出躲羞去了。湘莲回京，又正好赶上薛蟠回京遇上强盗；湘莲便拔刀相助，帮着商队打散了强盗。两人都是爽快人，不仅冰释前嫌，而且结拜了生死弟兄。出差到半路的贾琏正好遇上了他俩，便抓住了这个难得的机会，要敲定三姐和湘莲的婚事。他说三姐是自己新娶的二房尤氏的妹妹，如今正要发嫁，"只不说尤三姐自择之语"。

湘莲道："我本有愿，定要一个绝色的女子。如今既是贵昆仲高谊，顾不得许多了，任凭裁夺，我无不从命。"

湘莲原本的择偶标准相当简单，只要"一个绝色的女子"。但是面对刚刚结拜的兄弟的表妹夫，柳湘莲竟上头到连这条唯一的标准也顾不得了，口口声声"任凭裁夺""无不从命"。

贾琏信不过萍踪浪迹的柳湘莲，要向他索取定礼。

湘莲一面说"大丈夫岂有失信之理"，一面掏出了传家宝——一把雌雄双股鸳鸯剑，交给了贾琏。

此后三人各奔前程：薛蟠进京安顿，贾琏去平安州出差，湘莲则要先去探望自己的姑妈之后再进京。在这段"冷静期"内果然生出了枝节。湘莲细想此事，对贾琏在旅途中强势索婚的做法疑惑起来，于是进京之后便先来找宝玉求证。

宝玉问得很好："你原说只要一个绝色便罢了，何必再疑？"

柳湘莲便追问道："你既不知他娶，如何又知是绝色？"

今天的读者或许很难完全理解这句话了。在《红楼梦》成书的时代，当你向一个闺秀的邻人或远亲问起这个女孩子品行相貌如何的时候，如果此人回答"不知道，我们从来没有见过她"，那才算对这个女孩最高的评价。毕竟，18世纪的社会性别制度就是围绕着封闭女性而建立的。女孩子越是足不出户、六亲不见，越是令人爱慕和尊重。从柳湘莲追问宝玉如何得知三姐是绝色，可以看出他对未婚妻是否一直在深闺还是相当在意的。

宝玉却没有跟上湘莲的思路，他说出了尤氏双艳的真实身份——"他是珍大嫂子的继母带来的两位小姨"。

湘莲听了，跌足道："这事不好，断乎做不得了。你们东府里除了那两个石头狮子干净，只怕连猫儿狗儿都不干净。我不做这剩忘八。"

显然，湘莲此前并不知道贾琏口中自己那位新娶的尤二姐以及待发嫁的小姨，其实就是贾珍的小姨。宁国府里乌烟瘴气，柳湘莲此时心中的羞耻感和当初暴打薛蟠时或许是类似的。但这件事也将他的性格缺陷再次暴露无遗。

原本择偶只有"绝色"一条标准，甚至头脑发热之下连这条唯一的标准都可以不管不顾，后来却又要嫌自己的未婚妻"不干净"，就算是绝色也要不得了，这叫毫无定见；当着薛蟠、贾琏的面不问皂白许下终身大事，听说了尤三姐的一点来历之后却又拔腿跑去退婚，这是冲动鲁莽；许下的婚事也能反悔，留下的定礼却要索回，这是反复无常。

尤三姐曾经对贾琏说："我们不是那心口两样的人，说什么是什么。"她确实做到了。这就令柳湘莲对贾琏许下的那句"大丈夫岂有失信之理"显得分外滑稽。

比柳湘莲的性格弱点更要命的，是他头脑里的偏见。

柳湘莲自己"眠花卧柳，吹笛弹筝，无所不为"，娶妻时也不讲究什么三从四德，只要一个"绝色"的就好——好一个放浪形骸、睥睨世俗的游侠！只是，如果他自己做什么都可以，为什么又要反过来焦虑未婚妻"不干净"，担心自己做了"剩忘八"？

在婚姻与性爱中，加诸男女的标准从来都是不一样的。同样一件事，男人做了是一段风流佳话，女人做了却成了"先奸后娶没汉子要"①的"小破鞋"。施害者心安理得，受害者则要罪加一等。毁灭风月鉴，并不是君王贵胄的专利，清贫如柳湘莲、不羁如柳湘莲，竟然也不能免俗。

如同汉元帝把对昭君生杀予夺的大权交到画工手上，又如同石崇像对待瓦砾一样处置美人绿珠，那个时代对女性从骨子里的不爱惜和不尊重，才是导致悲剧的真正元凶。

（四）

柳湘莲的问题，并不是他一个人的问题。

回到本节开头：为什么贾琏向柳湘莲提亲，却决口不说是尤三姐自己的主意？

答案是他根本不敢提！

女孩子的婚事，自古都是要奉父母之命、媒妁之言的。

----

① 《脂砚斋重评石头记庚辰本》第六十九回秋桐语。

自己相中一个男人，还发出豪言壮语非他不嫁，简直是毫无教养的丑事，家人又怎敢再往外去说？诚然，以湘莲的心性为人，如果听见是三姐相中了自己，说不定反而能体察到这个女子的非同一般；然而从贾琏作为家人的角度看，只有不说才是合理的。贾琏在这件事上的处理符合当时一个普通人的常规操作，也就算不上"坑"了尤三姐。

那么当柳湘莲去向宝玉打听三姐的时候，宝玉为什么只说些"真真一对尤物""我在那里和他们混了一个月"这样略显轻浮的话？

答案是宝玉同样没有别的话可说！

旧时的女孩是要"藏六亲"的。虽然因为贾敬丧事，尤三姐和宝玉有了短暂的接触，但深入交流仍是不被允许的。三姐凭借着超凡的洞察力，通过两件小事判断出宝玉不仅不"糊涂"，反而是极明白的。而宝玉，除了看出来三姐是个绝色的女子，余下的便一概不知了。

宝玉自己当然是不会拿着"干净""不干净"的尺子去衡量三姐的，但当他说出"我在那里和他们混了一个月"的时候，他的心中对她的尊重，真的给足了十分吗？或者说，面对宁国府的女性时，宝玉是否也曾入乡随俗，不自觉地带上了几分狎亵轻薄之意呢？

可叹柳湘莲和贾宝玉这两个为尤三姐"巨眼"识得并取中的人物，从来不曾反过来理解过三姐。

然而如果就连柳湘莲和贾宝玉也无法理解三姐的话，这个世界上究竟又有怎样的男子能理解她呢？

因此我认为三姐并没有选错。在那个时代，当男人望着一个"不清白"的女人的尸体，没有在心中补上一句"促狭小淫妇，差点害我做了剩忘八"，大概已经算得上是一个奇迹了。即便在今天，认为尤三姐不可原谅、不值得爱的男性甚至女性读者，竟也占了相当大的比重。这常常令我感叹于传统观念的韧性之强大。

最后，三姐自刎，是不是反应过激了？

我认为没有。三姐之死，是死于彻底的绝望。

这样的人间，不值得。

假如三姐和凤姐狭路相逢

（一）

三姐和凤姐之间的对决，作者在很早的时候就已经引导我们想象过了。

三姐曾经痛骂贾珍、贾琏兄弟：

> 我也知道你那老婆太难缠，如今把我姐姐拐了来做二房，偷的锣儿敲不得。我也要会会那凤奶奶去，看他是几个脑袋几只手。若大家好取和便罢；倘若有一点叫人过不去，我有本事先把你两个的牛黄狗宝掏了出来，再和那泼妇拼了这命，也不算是尤三姑奶奶！

她随后又对姐姐说：

而且他家有一个极利害的女人，如今瞒着他不知，咱们方安。倘或一日他知道了，岂有干休之理，势必有一场大闹，不知谁生谁死。

当尤二姐天真地以为"礼"能保护自己免受迫害的时候，三姐早已经看清贾琏房内必有一场生死之争。因此她要"会会那凤奶奶去"，并且要"和那泼妇拼了这命"！可曾有过任何人，敢对金陵王家的千金、国公府的当家少奶奶——权势熏天且手段狠毒的王熙凤，有过这样知而无畏的宣战？

太过瘾了！搁在现代战争中，这可以算作"动员一切力量，打一场生死存亡之战"的最强动员。号角已经吹响，天崩地裂的大战一触即发！

然而，随着三姐的自刎，战鼓声戛然而止。秋风之下，水波不惊。凤姐甚至从来不知道，有一个泼辣的狠角色尤三姐，差一点点就和自己拼了命。

等到二姐被凤姐折磨得生了重病，作者又给了三姐一次返场发言的机会，再次撩拨着我们的想象："若妹子在世，断不肯令你进来，即进来时，亦不容他这样……"

如果三姐还在，凤姐还能这样肆无忌惮地折磨二姐吗？

凤姐心机十分深细，然而以三姐的机智，第一时间识破她的阴谋不是问题；凤姐泼辣，但三姐必要时可以比她还"泼"；凤姐能言善辩，据兴儿测评，三姐这张嘴只怕还说她不过。然而兴儿并不曾见识过战斗状态的尤三姐，据我说两人应该可以平分秋色。

凤姐有王家做靠山，而且多年来已经掌握了荣国府的实权，这一点是游离于宁国府外围的尤氏姐妹绝难比拟的。不过凤姐有一个致命的弱点，那就是宗法礼教！

作为一个已经嫁出去的女儿，凤姐娘家再大，也大不过人伦；作为一个大宗族的少奶奶，凤姐手段再狠，也狠不过一个"礼"字。

尤二姐"我只以礼待他"的思考方向其实是有道理的，只不过她不知道"礼"存在桌面上和桌面下两套游戏规则罢了。

（二）

二尤登场之前，有一次凤姐过生日，贾琏却趁机找了野女人来家里偷情。凤姐撞见后不依不饶，和奸夫淫妇厮打在一起。以今天的眼光看来，凤姐绝对算得上"正义之师"。然而当夫妻俩闹到贾母面前的时候，凤姐还是自知理亏，分外卖力地粉饰着自己的动机——不仅要胡编乱造贾琏和情妇密谋毒害自己，还撒谎说自己并不敢和贾琏吵架，只打了平儿两下而已。

贾府大法官史老太君秉公执法，委婉地指出了凤姐"吃醋"是不对的。贾琏虽然也受了责备，主要的罪名却是酒后惊了贾母的驾，以及险些伤了凤姐的性命。至于出轨这件事，顶多不雅，根本算不上是个错儿。而如果当时有监控录像，让贾母她们看到了凤姐踢门、堵门、"一头撞在贾琏怀里"①的种种泼妇姿态，舆情必将发生大反转——凤姐的言行每一出可都是足以被休妻的大错儿，她一定会被认定是这场风波的主要过错方！贾琏事后愤愤不平，觉得

① 《脂砚斋重评石头记庚辰本》第四十四回。

自己吃了凤姐一个天大的哑巴亏，原因就在这里。

即便把老公捉奸在床，做老婆的在采取任何行动之前，最要紧的是确保自己别落个妒妇的臭名，这就是当时女子的可悲处境。对于丈夫纳妾，她们是绝对不可以反对的——没有儿子的凤姐，甚至本应主动伸出援手。

清代沈复在《浮生六记》中就记载了妻子为自己采买侍妾，夫妻俩共同将小妾视若掌上明珠的故事。对于当时社会的伦理规范乃至夫妻感情，我们如果站在现代人的视角去臆想，是很容易出现偏差的。对于凤姐所追求的婚姻和性中的独占，我们现代人很容易产生共情，放在当时的社会却过于超前了，不仅得不到他人理解支持，反而有连犯"七出"①几条大罪的嫌疑，是要被万人唾骂、天地不容的。蒙府本的批书人就曾将凤姐痛批为"贾宅第一罪人"。

贾赦已经放了那么多小妾在屋里，他的太太邢夫人，也就是凤姐自己的婆婆，尚且冒着得罪自己婆婆的风险全力替他游说鸳鸯为妾。贾琏娶二姐为妾，凤姐不能反对，

---

① "七出"即古代社会男子休妻的七条罪状。"出"，即休弃。贾公彦疏："七出者：无子，一也；淫泆，二也；不事舅姑，三也；口舌，四也；盗窃，五也；妒忌，六也；恶疾，七也。"

而且光是"不反对"还不够，因为贾琏的"偷娶"行为已经将凤姐的妒忌暴露无遗，而妒忌本身就是一条大罪。

为了实现反客为主，凤姐制定了一个全方位的计划，分五步走：

第一步，将尤二姐从贾琏置买的"金屋"骗进荣国府。

第二步，通过司法和舆论手段，打击报复宁国府这个尤二姐的"娘家"靠山。

第三步，将尤二姐以"自己找来的妾"的身份介绍给贾母等人。

第四步，试图让尤二姐原本的未婚夫张华将她领回去。

第五步，下决心将尤二姐留在身边，折磨至死。

显而易见，凤姐在第四步和第五步之间做出过重大的战略调整。凤姐本来打的是驱逐尤二姐的算盘——通过司法威慑，逼迫贾府把尤二姐"还"给前未婚夫张华；原本的计划失败之后，她才将最后一步改为了瓮中捉鳖，采用女人对付女人的办法，关起门来对二姐实施精神折磨。驱逐计划也随之升级成了杀人计划。

以上所有步骤中，凤姐没有一步敢于承认是自己不愿意贾琏娶尤二姐，相反，她对这门婚事装出了十分的支持和十二分的主动。

在开局的时候，凤姐手上持有四张半的好牌：

第一张牌：贾琏娶尤二姐并没有按照纳妾的礼制。为了忽悠尤家母女，他按照"拜天地、焚纸马"的娶妻仪式娶了二姐——好像凤姐这个结发妻子根本不存在一样。在严格遵循"一夫一妻多妾制度"的中国古代，这就犯了重婚罪了。

第二张牌：贾琏于国孝、家孝中娶亲。老太妃薨了三个月，贾敬去世刚一个月，贾琏就迫不及待把尤二姐娶回家了。在《红楼梦》成书的时代，孝期未满不得嫁娶也是明确写入法律的。

第三张牌：古代嫁娶讲究三媒六聘、父母之命。贾琏娶尤二姐属于瞒天过海，家里老人根本不知情。

第四张牌：尤二姐曾有过一个未婚夫。这个未婚夫因为畏惧贾府权势不得不和尤家退婚，因此贾琏兄弟有倚财仗势胡作非为的嫌疑。

最后半张牌：尤二姐此前和贾珍有染（此牌只能暗地使用，故只算半张）。

前四张牌其实都围绕着凤姐亲夫贾琏的违法乱纪展开。

虽然这四张牌很厉害，但能发挥几成威力，则取决于凤姐的基本立场是要和贾琏撕破脸，还是继续过下去。就好比企业高管所做重大决策，取决于其基本立场是要"存续经营"，还是要"破产清算"。两种情况下的可选方案是截然不同的。

很显然，凤姐是打算"存续经营"的，离婚根本就不在她的考虑范围内。当然，后来贾琏方面可能选择了"破产清算"，不过那是我们看不到的故事了。

在女子以夫为天的宗族社会，凤姐的权利和地位都是和贾琏深度绑定的，没了"琏二奶奶"的身份，她其实什么也不是。凤姐的判词，画的是一只"冰山雌凤"[①]，女性的社会权利，怎么可能脱离对宗族的依附而独立存在呢？只要凤姐还想"存续经营"，不管她再怎么艺高人胆大，也只能是带着镣铐跳舞：一方面想让事情闹大，另一方面又不能真让事情闹大。她甚至不敢直接对贾琏发难，能报复到的也就只有宁国府了。

在第一步诱拐尤二姐的过程中，凤姐已经悄悄地打起

---

① 《脂砚斋重评石头记庚辰本》第五回："后面便是一片冰山，上面有一只雌凤。其判曰：凡鸟偏从末世来，都知爱慕此生才。一从二令三人木，哭向金陵事更哀。"

了前三张牌。前往小花枝巷找二姐的时候，她特意"吩咐众男人，素衣素盖，一径前来"，自己则"头上皆是素白银器，身上月白缎袄，青缎披风，白绫素裙"①……此时距贾敬暴毙还不足百日，凤姐越是做出知礼守孝的样子，越能显得被偷娶在外的二姐不成体统。凤姐通过这番阵仗，不动声色地给对手施加了心理压力。

将二姐骗到手之后，凤姐便开始了第二步计划——前四张牌一起发出，手法娴熟细腻，看得人眼花缭乱。

她将尤二姐那个指腹为婚的破落户未婚夫张华找来蓄养起来，并指使他用这四条罪状去都察院状告贾琏"国孝家孝之中，背旨瞒亲，仗财依势，强逼退亲，停妻再娶"②。贾琏当时并不在京城——巧了，凤姐的本意也并不想惊动贾琏。她只想利用这起官司攀扯出贾珍、贾蓉，打宁国府一个措手不及。

果然，宁国府刚刚得到消息，凤姐便打上门来了。

丈夫偷娶二房在外，凤姐既不能自称受害者，也不好

---

① 《脂砚斋重评石头记庚辰本》第六十八回。
② 同上。

找宁国府算账；只有吃了这场自导自演的官司，凤姐才能理直气壮的以"受害者"自居，哭诉自己承担了一系列精神损失、财产损失以及名誉损失：

> 连官场中都知道我利害吃醋，如今指名提我，要休我。我来了你家，干错了什么不是，你这等害我？……回来咱们公同请了合族中人，大家觌面说个明白。给我休书，我就走路。
>
> 给你兄弟娶亲我不恼。为什么使他违旨背亲，将混帐名儿给我背着？……我既不贤良，又不容丈夫娶亲买妾，只给我一纸休书，我就走……①

凤姐反复强调自己生气的原因不是宁国府给贾琏安排了这桩婚事，而是宁国府办事不周全导致自己背上了"不贤良"的罪名。凤姐数次拿"给我一纸休书"来挑衅——她深知以此时王家的权势和贾王两家的关系，加上她也并没有犯下什么明面上的过错，贾府绝对没有为了一个尤二

---

① 《脂砚斋重评石头记庚辰本》第六十八回。

姐休了自己的道理。所谓"给我一纸休书"，只不过是拿她身后的王家来压制和要挟宁国府罢了。凤姐不知道的是，她所倚恃的不过是一座冰山而已。她此时撒泼耍赖的狂话，竟会有一语成谶的一天。

> 国孝一层罪，家孝一层罪，背着父母私娶一层罪，停妻再娶一层罪。俗语说："拼着一身剐，敢把皇帝拉下马。"他（张华）穷疯了的人，什么事作不出来，况且他又拿着这满理，不告等请不成。①

即使贾琏娶尤二姐触犯了多重法律，凤姐也不敢亲自出头为自己"伸张正义"。她必须装作完全站在丈夫的立场上，因此便只能扶持一个无赖傀儡来冲锋陷阵：只因你们娶尤二姐的流程不合"礼"，张华告状才是合理的；而且这样的讹诈将无休无止，"终久是不了之局"②。

贾蓉顺水推舟，替凤姐把她心里的最佳解决方案放到

---

① 《脂砚斋重评石头记庚辰本》第六十八回。
② 同上。

了台面上——让张华来将尤二姐领走。

经过这番大闹，宁国府的气势完全被压倒：贾珍早就溜之大吉；滑头的贾蓉虽然识破了凤姐的阴谋，也只好揣着明白装糊涂；而软弱怕事的尤氏不仅彻底被凤姐牵着鼻子走，还得求她挺身而出摆平贾母等人："但一有个不是，是往你身上推的。"[1] 她甚至对凤姐感激涕零："等事妥了，少不得我们娘儿们过去拜谢……"[2]

凤姐反客为主最关键的一步，正是通过制服尤氏让她协助自己演了一出戏，在贾母、王夫人面前将尤二姐说成是自己给贾琏找的。这样一来，贾琏背着她偷娶令她背负"妒妇"恶名的被动局面，就被扭转成了她主动替丈夫寻妾的主动局面，反而成就了她的一番美名。贾母、王夫人等人果然上钩，欢喜不已："王夫人正因他风声不雅，深为忧虑，见他今行此事，岂有不乐之理。"[3]

---

[1] 《脂砚斋重评石头记庚辰本》第六十九回。
[2] 《脂砚斋重评石头记庚辰本》第六十八回。
[3] 《脂砚斋重评石头记庚辰本》第六十九回。

为了把好处占全，凤姐真可谓"机关算尽太聪明"[1]。

在外头，凤姐继续操纵司法，令察院将二姐判给张华，并在贾母跟前说是尤氏当初和张家退亲手续不全才导致了被人告发，借机向尤家施压。贾母天真地以为贾琏和尤二姐当真没有圆房，竟同意将二姐退回去。尤氏姐妹据理力争，反复确认当初退亲是退准了的，最终又导致贾母的风向转变，要求凤姐留下二姐，并出面处理刁民。就在这个关键时候，贾蓉狠狠摆了凤姐一道，直接唆使张华逃走了。

计划赶不上变化。尤氏姐妹、贾蓉和张华的一连串反应完全在凤姐的算计之外，导致凤姐一盘棋到第四步便成了死局。她只好改变了策略，派人去杀张华灭口——尽管也没成功，同时将二姐留在身边，慢慢想办法除掉。

（三）

凤姐诡计多端、手眼通天，不仅把司法系统玩弄于股掌之间，而且杀人不眨眼。无权无势的尤氏姐妹想要和凤

---

[1]《脂砚斋重评石头记庚辰本》第五回王熙凤仙曲《聪明累》："机关算尽太聪明，反算了卿卿性命。"

姐抗争，想来与螳臂当车无异。

然而，二姐是否必死无疑？

并不尽然。

我们说过凤姐弄权其实是投鼠忌器，施展的空间非常有限。宋代以后的中国社会，出嫁女的社会身份大体是由夫家来定义的。贾琏的几条罪状，真闹出来对凤姐有什么好处？更不要提万一让别人识破了是她在背后捣的鬼，那就连她自己婚姻的"存续经营"都会成问题。所以凤姐一面怂恿张华告状，一面又要打点察院去压消息，目的只是扰动宁国府。即便后来让贾母等人知道了张华打官司的事，她为了维护自己主动帮贾琏纳妾的贤妻人设，也必须隐瞒贾琏私下偷娶以致"国孝家孝之中，背旨瞒亲，停妻再娶"这三条罪状，而只敢在长辈面前亮出第四张牌，即拿着尤家当初的退亲手续存疑这一件事做文章。

那么等到原计划失败后，凤姐重新调整计划，之前的四张牌就相当于全部失效了。她利用张华打官司的整个过程变成了一个彻底多余的动作，除了给自己留下了张华这个不利的人证，没产生任何效果。这可是实打实的聪明反被聪明误。

而且，凤姐为了图一个贤良的名声，相当于拱手送给了尤二姐一张好牌：二姐结婚手续的种种非法之处，被凤姐一笔勾销了。虽然从"正房预备役"的暧昧身份被降级为妾，但二姐终于在贾琏房中获得了合法地位，而且这地位是由凤姐本人认证的。

而凤姐手上只剩最后半张牌了：嫁给贾琏之前，尤二姐曾和贾珍有染。

到这个时候，凤姐和尤二姐之间的斗争已经变成了家宅内斗的心理战。王家的势力再大，也不能帮她料理贾府的"家务事"。

凤姐故意给二姐施压：

> 妹妹的声名很不好听，连老太太、太太们都知道了，说妹妹在家做女孩儿就不干净，又和姐夫有些首尾，"没人要的了你拣了来，还不休了再寻好的"……①

这当然是撒谎。凤姐对家长们说二姐是自己寻来的，

---

① 《脂砚斋重评石头记庚辰本》第六十九回。

如果此时再把尤二姐失过足的事禀告上去，她自己也有失察之罪，精明的凤姐当然是不会这样做的。可惜尤二姐并没有辨别谎言的能力。

此后凤姐也没有再冒险亲手打这剩下的半张牌，而是把它交给了贾琏新得的妾，既无头脑也无廉耻的秋桐。凤姐自己则"用'借剑杀人'之法，'坐山观虎斗'"①。

若论出身，秋桐不过是个丫头，比尤二姐差远了。但她是贾琏的父亲贾赦赏给贾琏的，手续很正当，而她也十分擅长打好自己手上唯一的这张牌。凤姐轻轻挑拨之后，秋桐对尤二姐张口就是"先奸后娶没汉子要的娼妇"②……简直笑死个人：其实秋桐早前在贾赦房里做丫鬟的时候就和贾琏有些瓜葛，她自己和贾琏之间才是如假包换的"先奸后娶"！

等到二姐腹中的男胎被打下，秋桐口中的恶言更是变本加厉："好个爱八哥儿，在外头什么人不见……纵有孩子，也不知姓张姓王。"③秋桐说的"外头"，仍是指闺阁之外。

---

① 《脂砚斋重评石头记庚辰本》第六十九回。

② 同上。

③ 同上。

在那个以幽闭女性为身份象征的时代，尤氏双艳曾经"在外头"的代价是相当昂贵的。尤氏姐妹在伦理金字塔内的地位，在某种程度上真连丫头都不如。

贾琏屋里的妻妾之争已经演变成了一地鸡毛的大乱斗：每个人手上都有那么一张半张的牌可以打，谁脸皮厚谁命就长，而善良软弱的人则注定节节败退。

（四）

有人说尤家地位远远赶不上王家，因此尤三姐对战凤姐绝无胜算。

娘家势力当然直接关系到媳妇的腰板，但宗法制度的运行是基于复杂的规则的，如此才能令一个大家族的内部保持微妙的平衡。规则的核心就是以"礼"为名的伦理金字塔，它给每个家庭成员安排了一个非常具体的位置。即使是王夫人，也不能凭借尊贵的娘家压死奴婢出身的赵姨娘和她的孩子们，而必须给他们留出生存空间。

朱熹在《诗集传》中这样评价《诗经·召南·何彼襛矣》："王姬下嫁于诸侯，车服之盛如此，而不敢挟贵以骄其夫家。故见其车者，知其能敬且和以执妇道……"宗法社会推崇的"妇道"是"敬且和"，连国君的女儿尚且如此，何况金陵王家的女儿？

尤二姐之所以惨败收场，原因根本不是尤家的社会地位不如王家，而恰恰是她那个被正统推为温柔和顺高凤姐十倍[①]的贤良性格。先是被男人玩弄霸占，后来又被女人作践羞辱；为了"成个体统"[②]，她把明眼人的关切当成耳旁风，欣然奔赴龙潭虎穴，最后死到临头还是舍不得扔掉自己那个贤良的名儿。凤姐嘲笑尤氏是"锯了嘴子的葫芦，就只会一味瞎小心图贤良的名儿"[③]，其实尤二姐的闷声不响、逆来顺受，比她大姐更甚。但凡她能不那么"贤良"[④]，稍稍向贾母、贾琏、尤氏等透露一下自己真实的处境，她何至于陷入孤立无援的境地？但凡她不那么在意"礼"，她又何至于在一场围绕"礼"的心理战中一败涂地？

---

① 《脂砚斋重评石头记庚辰本》第六十五回："（尤二姐）若论起温柔和顺，凡事必商必议，不敢恃才自专，实较凤姐高十倍。"

② 《脂砚斋重评石头记庚辰本》第六十九回尤二姐对平儿道："况且我也要一心进来，方成个体统，与姐姐何干。"

③ 《脂砚斋重评石头记庚辰本》第六十八回。

④ 《脂砚斋重评石头记庚辰本》第六十八回尤二姐心想："下人不知好歹，也是常情。我若告了，他们受了委屈，反叫人说我不贤良。"

礼教杀人，杀得最多的就是笃信礼教的人。

尤氏双艳和凤姐是同一伦理议题下的一组群像。

尤二姐、尤三姐都是被遗忘在"礼"的夹缝中的女子，从来没有得到过它任何的保护或者实惠。最终，尤三姐奋起反抗，成了一个彻头彻尾的叛逆者，对主流伦理所推崇的一切，她都要反其道而行之，也因此第一个被"礼"的洪流吞没；尤二姐始终对"礼"无比忠实，甚至看得比自己的生命还重要——她心甘情愿地死在了敌人所操持的以"礼"为名的利刃之下。

凤姐和二尤的不同之处在于，她本来是靠近社会结构图形顶端的受益者。她对"礼"的态度既不同于三姐的反抗，也不同于二姐的顺从。作为极度的实用主义者，她根本就没有信仰，而只把"礼"当成一件趁手的工具、一面华美的旗帜罢了。她看起来是最精明的那一个：既享受尽了"礼"所赐予的权利，又不需要承担"礼"所规定的义务——果然天下的好处都让她占尽了？然而当身份的"冰山"融化之时，她于伦理上长期的作弊被人算了总账，她被贾琏休弃，失去了家庭、财富和尊严……一切她舍不得放手的东西都瓦解冰消，终于落得个"哭向金陵事更哀"①的下场。

三位女性殊途同归，都被碾碎在了最强大无情的伦理金字塔之下。

其实从某种意义上说，凤姐比二尤更加脆弱——她拥有的东西太多，而且她拥有的一切都是身份和伦理所赋予的。所以她的一切小动作都只敢在"礼"的掩盖下秘密地进行。而她想要的东西太多了，又远远溢出了身份和伦理所划定的边界。她既要权，也要利；她既要家人畏惧她，又要他们爱戴她；她要贾琏的爱，还想要将他独占；她要绝了其他一切女子为贾琏生儿育女的机会，同时还想捞到一个"贤良"的名儿……

所以凤姐最怕的，恰恰就是尤三姐这种毫无顾虑和拖累，敢于撕下她的伪装的女人。三姐是从来没有畏惧的，包括对于"失去"的畏惧。她从一开始就打定主意要和凤姐有"一场大闹"，要"和那泼妇拼了这命"！

如果在一场战争中，一方连性命都可以不要，而另一方却在心疼自己的金丝铠甲，你觉得谁会赢？和很多人的

---

① 《脂砚斋重评石头记庚辰本》第五回王熙凤判词。

直觉恰恰相反，凤姐才是绝无胜算的那一个。

凤姐大闹宁国府，曾经说过一句话故意夸大张华对贾府的威胁："拼着得一身剐，敢把皇帝拉下马。"这句话和那句反复出现的"给我一纸休书，我就走"一样，应该是有些伏谶意味的。

千真万确，凤姐金尊玉贵，像个皇帝。只不过那个敢把皇帝拉下马的人，并不是凤姐口中的张华，而本该是尤三姐。

三姐什么都可以不要。因此，如果她要活，就一定可以活下去。

异于钗黛的审美新维度

（一）

欣赏尤三姐所需要的眼光，和欣赏宝钗、黛玉所需要的眼光是完全不同的。

宝钗和黛玉的出身算极幸运的。旧时的女孩子，有几个能读书认字、博学众览呢？出身钟鸣鼎食之家、诗礼簪缨之族，让她们享受到了稀缺的教育资源。

然而这两个女孩之间又存在着极致的反差，形成了一种审美张力。

黛玉是家中独女，因此她从小是被"假充养子"[①]来教育的。父母不仅教她读书识字，甚至聘请了当朝进士贾

———————

① 《脂砚斋重评石头记庚辰本》第二回。

雨村为西宾，给她做一对一的辅导。一方面因为"假充养子"，黛玉的闺范教育是比较缺乏的；另一方面她不可能真的像男孩子一样去科考举业，加上身体也不好，她的课业学习并不系统。有文化修养而无道德包袱，塑造了黛玉独特的人格。

父母去世之后，黛玉愈发少了家庭的羁绊。这不幸的身世，从另一个角度看或许反而是一种奢侈，让她得以全心全意地在一个务虚的审美世界中探索和发展。她常常会探寻人生价值和终极归宿这些深奥的哲学命题，而对于"改造世界或者安排世界的秩序"这类现实问题却不太关心。有时因为沉浸在自己的世界里，她甚至忘了秩序之于自身的基本约束，更遑论将精力耗费在现实的经营上了。

而宝钗就不一样了。因为哥哥不成器，她只能选择把书本丢到一边，专心地扮演好自己作为一个女儿和妹妹的家庭角色和一个待选秀女的社会角色。

《红楼梦》中的家庭关系常常呈现一种"代偿效应"：尤老娘的昏聩和尤二姐的懦弱，令尤三姐加倍刚强；赵姨娘、贾环的愚蠢下流，让探春越发洁身自好；而薛蟠的荒唐任性，则使得宝钗格外内敛深沉。宝钗的个性，是在沉重的家庭责任中被塑造的。

宝钗十分认同正统伦理对男女社会职能的安排："男人们读书明理，辅国治民，这便好了……你我只该做些针黹纺绩的事才是。"①

"读书明理，辅国治民"是男人，具体来说，是士人阶层应该有的理想。而女性的本职是"针黹纺绩"，如果女子去写诗、写文章，那便有越俎代庖的嫌疑。

宝钗在意识形态层面纯是儒家的。宝钗和黛玉的"双峰对峙、二水分流"，本身就是"仁人君子"和"正邪两赋而来之人"之间冲突的影子。

这两个人在"金陵十二钗册籍"中共享一首判词：

　　可叹停机德，堪怜咏絮才。

　　玉带林中挂，金簪雪里埋。②

形容宝钗的"停机德"，用的是东汉乐羊子妻停机劝学的典故；而形容黛玉的"咏絮才"，则说的是魏晋谢道

---

① 《脂砚斋重评石头记庚辰本》第四十二回。

② 《脂砚斋重评石头记庚辰本》第五回。

韫以柳絮来咏雪的故事。

谢道韫是"正邪两赋"的"王谢二族"代表人物之一。在思想比较解放的魏晋之世，谢道韫展示出了超逸的诗歌和哲学才华，成了被传颂千古的才女。而乐羊子妻则生活在罢黜百家、尊崇儒术的汉代，因为思想正统而受到歌颂。她的停机劝学，正是将丈夫入世的事业置于夫妻本能的亲情之上，属于一种自我牺牲式的"大义"。

宝钗身上除了深厚的儒家传统，还有宋代几位旁收博采的理学家的风范。宋代理学家在和佛、道的长期对抗中成长，往往是泛滥诸家，出入佛老。只有"看得禅书透"，方能"识得禅弊真"。宝钗的涉猎也十分广泛，既懂得诗词戏曲，也能欣赏禅宗偈子。但她也和那些理学家们一样，从根子上认可和维护的唯有儒家的正统伦理。

她曾用一首《寄生草》勾得宝玉参起禅来，之后便说：

> 这个人悟了。都是我的不是，都是我昨儿一支曲子惹出来的。这些道书禅机最能移性。明儿认真说起这些疯话来，存了这个意思，都是从我这一支曲子上来，

我成了个罪魁了。[①]

"道书禅机"是能"移性"的，那什么才是正情呢？当然是儒家提倡的经世济民，"改造世界或者安排世界的秩序"。

宝钗尊崇的男女分工，符合宋朝以来中国女性的传统美德：坚守妇职、勤于家事，为丈夫创造追求事业的良好环境。宝钗对于女红的执着更是对18世纪盛清经世政策的积极响应。放在当时上流社会的女性当中，宝钗显然属于偏保守的一派：与努力拓展和展示自己才学知识的才女派相比，宝钗显然更接受"文非女子所为"的思想，甘愿为家庭奉献而不惜埋没自己的才华。

后来宝钗的堂妹宝琴写了十首怀古诗，其中最后两首和《西厢记》《牡丹亭》有关，让宝钗觉得有伤大雅。次回，她便自告奋勇要邀一社，请大家以"咏太极图"为题来写诗。

"太极图"是宋代"大仁之人"周敦颐基于儒家经典

---

① 《脂砚斋重评石头记庚辰本》第二十二回。

《易》画出来的。周敦颐有两篇代表性的学术著作，其中之一便是《太极图说》。这篇短短的文章受到朱熹的大力推崇，也被后世认为是理学的奠基之作。周敦颐从"太极图"中抽象出来的宇宙阴阳五行，被理学家们用来塑造社会秩序，包括男尊女卑的大伦与女子的义务和职责。

宝钗随时随地想用自己的儒家思想去移风易俗、影响其他人，即便"太极图"这种纯理性思辨且被赋予了意识形态的东西，和诗歌体裁根本就不能兼容。大家一起写诗咏"太极图"或成立"太极图社"，那画面简直不堪想象，如果真成立，无疑就是诗社的一场劫难！

心直口快的薛小妹当场驳回了堂姐的提议：

> 这一说，可知是姐姐不是真心起社了，这分明难人。若论起来，也强扭的出来，不过颠来倒去弄些《易经》上的话生填，究竟有何趣味……①

宝钗之"德"，典出"大仁之人"董仲舒生活的汉代；

---

① 《脂砚斋重评石头记庚辰本》第五十二回。

黛玉之"才"，则属于"圣远言湮"的魏晋之世、"正邪两赋"的王谢二族，这应该不是巧合。

如果以"正"代表社会上的主流价值观，而"邪"代表对这种主流价值的破坏的话，那么宝钗算是红楼诸钗中意识形态比较符合"正统"的人物，而黛玉则是"正邪两赋而来之人"。

当然，我们一直在说，"大仁之人"和"正邪两赋而来之人"之间并不存在是非对错之分，只是禀赋气质的差别而已。无论是黛玉天女散花式的精神漫步还是宝钗自我埋没式的道德操守，本身都是高级的文化修养的体现。宝钗和黛玉之间的冲突和碰撞，何尝不是我们几千年文化中内在的冲突和碰撞？而宝玉于钗黛之间的逡巡和取舍，又何尝不是一个士人心中最典型的矛盾？

（二）

尤三姐作为黛玉的"影身"和宝玉的知己，当然也属于"正邪两赋而来之人"，而且她的"邪气"还特别重。

黛玉只是不关心、不在意正统价值，虽有一些萌芽状态的觉醒，却基本谈不上叛逆；宝玉虽然有满腔的叛逆意识，但一到真该反抗的时候，他便缴械投降了；唯有尤三姐，不仅有叛逆的意识，更有战斗的勇气。

如果将尤三姐和宝钗放到一起，那可就热闹了。

当宝钗对黛玉说那一通"针黹纺绩"才是女人的分内之事的大道理时，黛玉听了也要"心下暗伏"；而如果这番话是说给尤三姐听的，三姐恐怕就要原地发作了。这两人气质的互不耐受与当初蜀学、洛学之争类似，虽然谈不上是非对立，却水火不容。

传统的妇德规范，首要的一条就是要约束自己的言行举止，注重仪表仪态。所以宝钗作为大观园高情商、会说话的典范，通常选择"不干己事不张口，一问摇头三不知"。除了偶尔的忘情失态，她在众人面前的举止也没有可以令人指摘之处。与此相比，在众目睽睽之下将自己的酒杯举到宝玉唇边的黛玉，就显得有些放肆。

当初宝钗在滴翠亭外偷听到小红和贾芸交换手帕的事，便火速在心里给她颁发了双重"狗认证"："奸淫狗盗""狗急跳墙"。[1]那么我们大胆想象一下，如果宝钗有机

---

[1]《脂砚斋重评石头记庚辰本》第二十七回。

会去到小花枝巷，听见尤三姐在里面"高谈阔论，任意挥霍洒落"，拿着男人"嘲笑取乐"；再透过门缝看到尤三姐"松松挽着头发，大红袄子半掩半开，露着葱绿抹胸，一痕雪脯。底下绿裤红鞋，一对金莲或翘或并，没半刻斯文"……宝姑娘大概会大惊失色："天地间竟有如此猪狗不如之人？"

即便是尤三姐和黛玉之间，也如同两条遥相呼应却永不相交的平行线。

三姐的内心也许和黛玉一样寂寞，但她不会用写诗念词这样的文化活动来排遣闺情。她偏要去过男人那样的热闹生活，把幽闭女子的闺房变成了驾驭男人的"驯兽场"。

如果宝玉和黛玉对于礼教的不顺从是在良好教育下的某种意识觉醒，那尤三姐的反抗则全是出于本能和常识。她没有接受过什么启蒙教育，但她就是能意识到许多世间法则是不公平、不合理的！本能和常识，有时候才是人的头脑中最强大的武器。

她的情趣品位固然没有黛玉的高级，但她的恣意人生或许比黛玉来得爽快。她的乐趣也很符合风谣里巷的市民品位，和柳湘莲"赌博吃酒，眠花卧柳"的娱乐方式更可谓旗鼓相当。

尤三姐与林黛玉之间的差别，和柳湘莲与贾宝玉之间的差别，是高度对称的。

尽管黛玉、宝玉是主角，湘莲、三姐是配角，但作者似乎并没有想在这两组人物之间刻意分出高下来。毕竟，四人都是典型的"正邪两赋而来之人"，是"易地则同之人"，只不过在不同的境遇之中发展出了不同的生存状态罢了。

（三）

不出意外的话，尤三姐应该是"金陵十二钗册籍"中"副册"内的人物。

三卷册子中，"正册"十二人的完整名单在第五回已经揭晓：清一色生活于贾府内的小姐和少妇们。由晴雯打头阵、袭人紧随其后的"又副册"所录应该全是丫头。中间那个"副册"最为神秘，我们只知道其中一页是香菱——至于是不是本册首页，作者亦没有明确交代。脂批曾经向我们透露："后宝琴、岫烟、李纹、李绮，皆陪客也，《红楼梦》中所谓副十二钗是也……"[1] 如果批语无误，再算上

---

① 《脂砚斋重评石头记庚辰本》第十七回至十八回双行夹批。

尤二姐和尤三姐，那么副册所录的应该就是一些和贾府有瓜葛的亲戚们了。

作者把她们作为"陪客"，不代表她们不如正十二钗。她们只是没有被放置到舞台的中央罢了。"陪客"中绝大多数并不常住大观园内，戏份比"又副册"所录的丫鬟们还要少得多，但她们在小说中的重要性在我看来和正册女子相比其实是不相上下的。

首先，这一册女子的现实地位未必低于正册。脂砚斋就曾数次点评香菱"根源不凡""香菱根基，原与正十二钗无异"[1]。其实若单论社会和经济根基，乡绅甄士隐显然是无法和贾史王薛百年旺族相提并论的。然而如果我们从一个非功利的角度审视，甄家仕宦阶层的社会身份以及知书识礼的文化根基又的确可以称得上与正十二钗无异。

其次，这一册女子人生经历的多样性高于正册。例如薛宝琴就为小说贡献了一个很不寻常的女性形象。

在农耕时代，绝大多数国人都被束缚在一块小小的土地上年复一年地劳作；旅行是一项极其奢侈和小众的，由

---

[1] 《脂砚斋重评石头记甲戌本》第一回侧批。

士大夫阶层的精英男子们所专享的活动。

在《红楼梦》中，我们看到的旅行几乎都有其不得不动身之处：比如王子腾、贾政到外省任职，比如贾琏到平安州办事以及护送林黛玉回扬州奔丧。没落贵族贾雨村为了赶考这件人生大事必须从姑苏北上，还多亏了甄士隐那五十两银子的慷慨资助才能成行。宝玉长到十四五岁也只不过是在京城里面打转转；而比他年长得多的薛蟠偶然南下经商一次，竟然差点没能获得母亲批准放行！

女性的旅行就更困难了。宋代以来缠足成风，究其本质还不是社会想要对她们的活动范围进行人为限制吗？除了黛玉之投奔外祖母、宝钗之进京待选此类大事，她们又能为自己找到什么出行的理由呢？

然而作者偏偏塑造了薛宝琴这样一位特殊的女孩子。她的父亲是个各处都有买卖的大商人——包括国际贸易。而这位不可思议的商人外出经商时，竟然长期把妻女带在身边！可以说，无论是经历还是思想，薛父都突破了传统，走在了当时中国开放的最前沿。小小年纪的宝琴，因而见到了非同一般的市面：不仅"天下十停走了有五六停了"①，还和西洋美女有过深入的文化交流。

"本性聪敏，自幼读书识字"②的宝琴在书香世家受到的文化熏陶，经过丰富游历经验的催化，便形成了一种独特的气质：既传承了正统的中华文化，又有一种西洋式的热情、大方和表现欲。这大概就是作者那个时代的新女性了。

从十首怀古诗到"今宵水国吟"③，再到那首"声调壮"的《西江月》，宝琴的诗歌虽然没有宝钗那样庄严的立意，也没有黛玉那样别致的心思，但只凭"他原是到过这个地方的"④这一条，就让她的文字具备了一种令别人望尘莫及的感染力。从亲见亲闻中培养出来的眼界气度，和就着书本想象而来的，从来就不是一回事。薛宝琴的登场，将一众被困在大观园樊笼中的女孩子，甚至包括男孩子，瞬间衬得有些局促和可怜。

---

① 《脂砚斋重评石头记庚辰本》第五十回。

② 《脂砚斋重评石头记庚辰本》第四十九回。

③ 《脂砚斋重评石头记庚辰本》第五十二回宝琴托"真真国的女孩子"写的诗，不少红学家认为应当是宝琴自己的作品。

④ 《脂砚斋重评石头记庚辰本》第五十一回李纨评语。

从宝琴和三姐的例子看来，和大观园内的"正钗"女子相比，"副钗"们的背景跨度更大、人设更为天马行空。

薛宝琴、李纹、李绮的出身完全可以和正十二钗中的宝钗、李纨画等号；香菱的父亲是小地方的乡绅望族；岫烟家或许可以算中等清贫之族；而尤氏姐妹则沦落到了寄食于贾府的地步，成了事实上的"薄祚寒门"了。所以"副册"所折射出的社会形态其实是最为丰富的。

反过来说，作者特别关照的，和贾宝玉同类的所有"正邪两赋而来之人"，应该全部产生在"金陵十二钗册籍"的正副两册之内——既然将"断不能为走卒健仆，甘遭庸人驱制驾驭"作为一条决然的标准，那也就是说"正邪两赋而来之人"必须是没有"奴性"的，这也就把整个丫鬟群体排除在外了。

《红楼梦》中的人物群像，就像一座立体的建筑。"正册"的林、薛、史、妙等人，撑起了这座建筑的高度，而包括尤三姐在内的"副册"诸人，则扩充了这座建筑的广度。

（四）

相对于其他金钗来说，尤三姐身上的"邪气"含量则是显著超标的。面对礼教的极限压制，三姐做出了极限反弹，以至于她的行为让身边的人觉得难以接受。然而在古代，的确有这样一类"奇优名倡"，生前遭人白眼受到唾弃，却在后来的文化世界中百世流芳。

如果说古代的读书人尚且有"正邪两赋""红拂、文君一流人物"这样的审美框架去纳入三姐，那么今天的许多读者看到尤三姐恐怕只会感到无所适从——不知该如何理解，更不敢开口去夸。难道几百年来，我们的审美反而退化了其兼收并蓄的多元性？或许是由于不同阶层之间的藩篱已经不复往日的形态，我们反而更难以去理解那种极限处境下的生存状态吧。

尤三姐代表了古代社会中一群处境特殊的人，对尤三姐的审美代表了传统文化中一个特殊的审美维度。这样的人本不应该现身贾府的白玉堂前，作者却为她找到了小花枝巷这个背街背巷的小舞台，还很可能在特殊的"副册"中为她安排了一个位置。《红楼梦》的世界因而变得极大丰富，而它对社会的反思也因而变得更加深刻而多维。

三姐之死的哲学本质

（一）

在原著和经续作者修订后的通行本当中，尤三姐之死有着本质的不同。

在程高本中，三姐是死于柳湘莲的一场误会。但凡贾琏、贾宝玉介绍尤三姐的时候能讲究一下说话的艺术，但凡柳湘莲认识到三姐原来是一朵出淤泥而不染的白莲花，这样的悲剧就不会发生。

而在原著中，三姐从头至尾就是一个行事为人没有一处合乎闺范的女子，因而贾琏或者宝玉其实并没有什么好话可以说给湘莲去听。柳湘莲悔婚的原因，也只不过是发现了三姐身份的真相。没有误会，也没有阴差阳错。

而柳湘莲的反应，也只不过是当时的一个普通男子会有的一种普通的反应。性格的弱点还在其次，柳湘莲的不能摆脱世俗成见——而这完全是人之常情——就注定了三姐的悲剧是无法避免的。也就是说，即使尤三姐选择的不是柳湘莲而是另外一个男子，她仍是难免走入这条被嫌弃、被拒绝的死路里面去的。

从和男人厮混、卖弄自己的美色，到主动选择丈夫，尤三姐对一切社会规则倒行逆施，结果自然也就逃不过社会规则的惩罚。正如她自己所说："天怎容你安生。"

当三姐经历了爱情的幻灭之后，她也已经很清楚自己的悲剧结局是逃无可逃的了。

天网恢恢，疏而不漏。

太阳底下没有新鲜事，世上哪有那么多侥幸！

（二）

叔本华曾经把悲剧分为三种。简单概括起来，第一种悲剧是始于某个邪恶角色的阴谋，例如《哈姆雷特》中的大反派叔叔；第二种悲剧则是由于命运的偶然和盲目，例如《罗密欧与朱丽叶》中两个相爱之人最终的擦肩而过；而第三种悲剧则是社会规则下的必然——悲剧的制造者甚至已经预见了悲剧的结果，但由于他和受害人之间的相互关系仍然不得不为之，我们因此很难站在道德的角度指责他们任何一方是错的。第三种悲剧才是无可避免的，是悲剧中的悲剧。

王国维先生认为第三种悲剧是三种悲剧中震撼力最强的，同时也是创作难度最大的。而《红楼梦》，就属于中国古典文学中难得的第三种悲剧。

在三种悲剧的基础上再去看尤三姐和柳湘莲的故事，我们会发现原著和程高本的差别并不是情节上的微调，而是整个悲剧的性质都被彻底改写了。

在程高本的故事中，尤三姐是死于一场由"信息不对称"造成的意外，这和《罗密欧与朱丽叶》异曲同工，是出于命运的偶然，属于第二种悲剧。

而在原著的故事中，尤三姐是死于根深蒂固的意识形态，死于理所当然的双重标准，死于传统伦理施加于某一类女性身上的残酷暴政。它本质上属于第三种悲剧，是无法避免的命运的必然。就像西施、虞姬、王昭君和绿珠一样，尤三姐的悲剧在她之前已经上演过无数次，在她之后还将上演无数次。

尤三姐之死便也不再是尤三姐一个人的悲剧，而是一个社会的悲剧，是一个时代的悲剧。

（三）

《红楼梦》中其他的悲剧，无论是贾府的败落、木石姻缘的破灭，还是前八十回可以完整看到的秦可卿上吊、金钏儿跳井、晴雯被逐，大致都属于社会法则下的第三种悲剧。

先说金钏儿、晴雯的悲剧。

作者让王夫人唱"白脸"，目的应当不是替男主角制造一个极其残酷刻薄的母亲形象。说起来宝玉的父母都属于写在小说正面的，比较"正统"的形象，站在传统伦理的角度，他们的立场是无可指摘甚至是毋庸置疑的。王夫人自然有她显而易见的弱点和盲区，但她代表的不正是社会的"正义"，是那个时代最强大、最主流的一种势力吗？王夫人将金钏儿、晴雯恨得咬牙切齿，归根结底是这些女孩子的行事为人不能为时代所容罢了。

再说木石前盟，本来就是太虚幻境中的一场约定，纯洁得就像净瓶中的杨柳枝，只能供于神仙案头，而根本不具备在现实的悬崖峭壁中生根发芽的生命力。它注定只能陪伴宝玉乌托邦式的前半生，而在宝玉直面真实世界的那一刻分崩离析。这实在不是宝玉一个人的悲剧，而是成长的悲剧，是属于我们每一个人的悲剧。原作者又安肯将木石姻缘写成毁于薛姨妈、宝钗之手，让这痛入骨髓的第三种悲剧沦为由阴谋主导的第一种悲剧呢？

最后说贾府的败落。

关于佚稿，我们知道的太有限，因此总有人猜测贾府后来应该遭遇了激烈的变故，譬如凤姐贪赃枉法、贾赦草菅人命、薛蟠欺男霸女等罪行东窗事发，甚至有人怀疑贾珍参与了一场不成功的政变……

其实贾府落败的原因，早在第十三回就已经借秦可卿之口交代明白：

> 常言"月满则亏，水满则溢"；又道是"登高必跌重"……否极泰来，荣辱自古周而复始，岂人力能可常保的。但于今能于荣时筹画下将来衰时的世业，

亦可谓常保永全了……①

　　荣枯盛衰乃是万古不变的轮回，不是人力可以打破的。就如秦可卿所说，有荣时就必有衰时，如果能提前为衰败做好准备，聚集家族的有生力量不使之流散，就已经是最好的结果了。

　　贾府衰败的路径是非常清晰的。政治上，从两位创始人——超品的"国公爷"，降等袭爵到玉字辈、草字辈只剩下至多三品，而且早就已经被挤出核心军政圈；经济上，创始人打下的关外的产业不再增加，而府中人口却在不断繁衍，贾府早已经过了收支平衡点，从小说一开始就已经是入不敷出、坐吃山空的"末世"②了。

　　从第十三回秦可卿葬礼的穷奢极欲到第六十三回贾敬丧事上的捉襟见肘，再到第七十一回贾母八十大寿将荣国府直接拖入了一场全面的经济危机……贾府在八十回前后已经到达了崩溃的边缘，只差那么摧枯拉朽的最后一击

---

① 《脂砚斋重评石头记庚辰本》第十三回。
② 《脂砚斋重评石头记甲戌本》第二回侧批："作者之意原只写末世，此已是贾府之末世了。"

就会分崩离析，作者又何须设计什么惊天大阴谋来多此一举呢？

即便贾赦、凤姐等人真的有东窗事发的一天，也并不能视作贾府败落的"因"，而是一种"果"——当家族势力如日中天的时候，人命官司也能"视为儿戏"①；而一旦家族失了势、没了钱，昔日的鼎沸辉煌下面掩盖着的罪恶，自然会迎来审判日。

（四）

其实我们再往前翻，作者早在开篇第一回就已经点破了《红楼梦》悲剧的本质。

石头凡心偶炽想随一僧一道投胎到人间游历，两位仙师曾经劝阻他道：

> 那红尘中有却有些乐事，但不能永远依恃；况又有"美中不足，好事多魔"八个字紧相连属；瞬息间

---

① 《脂砚斋重评石头记庚辰本》第四回："人命官司一事，他（薛蟠）竟视为儿戏，自为花上几个臭钱，没有不了的。"

则又乐极悲生，人非物换；究竟是到头一梦，万境归空。①

脂砚斋批道："四句乃一部之总纲。"②

石头是女娲娘娘亲手锻炼过的、后来自己又不断努力修炼得道的灵物，却仍抵不住那一瞬温情的诱惑而降临人间。和太虚幻境或者青埂峰下那种万年不变的神仙境界不同，人间的一切资源都是有限的——每个人都只能在各种约束条件之下，不断寻求自己的最优解。而最大的一个约束条件，便是生命的有限性。

林黛玉宁愿燃尽自己的生命，也要在诗歌中孤独地探求存在的意义，追求的是生命的高度；薛宝钗把日程表安排得满满的，尚且发愁自己"人人跟前失于应候"③，努力增加着生命的密度；就连袭人也不肯虚耗青春，将值得"争荣夸耀"④的阶级跃升设定为自己的人生目标。这些都是她们在现实约束之下，给出的各自的最优选项。

---

① 《脂砚斋重评石头记甲戌本》第一回。
② 《脂砚斋重评石头记甲戌本》第一回夹批。
③ 《脂砚斋重评石头记庚辰本》第四十五回。
④ 《脂砚斋重评石头记庚辰本》第三十一回。

当那个岁月静好的"太虚幻境"被投射到"大观园"这个人间镜像中时，现实的约束就会让人性有多个层次的丰富的呈现。每个人都在努力追求自己想要的东西，而最终分配的结果——包括生存权的分配——必然会受制于现实中资源的有限性，也必定会衍生出许多"人物由于各自的身份和相互关系而不得不如此做""读者很难站在道德层面去指责其中任何一方"的第三种悲剧。

《红楼梦》是一部彻头彻尾的悲剧，然而《红楼梦》中鲜少有彻头彻尾的坏人。

尤三姐——反转风月鉴的"正邪两赋"奇女子

（一）

本书第一部分详细阐述过，"正邪两赋"和"风月宝鉴"是我们窥见《红楼梦》世界观的窗口，也是我们理解《红楼梦》的大框架。

在伦理的层面，《红楼梦》如同那面镜子一样也有正反两面，正面照见的是仁人君子所提倡的正统伦理，也是几千年来中国思想的主流，即积极安排社会秩序的精神；而背面观照的则是人们在追求社会价值的过程中所牺牲掉的作为个人的独立和自由。

作者并没有想要否定社会和个人的这种冲突中的任何一方——二者永远是对立统一、缺一不可的。但这种冲突又似乎始终令他深感痛苦，难以找到一条调和的道路。

作者将自己藏在石头的后面，石头因为不能去补天而悲号惭愧，而作者最大的遗恨则是自己没能成为于国于家有用的栋梁之才。然而如果那条成为栋梁之才的道路上，到处都是令他不齿的人，而前进的规则又总要求他做一些放下尊严、违背原则的事，那他究竟应该如何选择呢？这是每个人的人生都可能遇到的困境，而且在很多时候是无解的。

作者的困境投映在宝玉身上的时候，被外化成了宝钗和黛玉这两个存在明显冲突的女性。

宝钗总体上是一种传统美德的代表。她所信仰和努力实践的，无论是个性上要"以贞静为主"，还是技巧上要放弃琴棋书画而追求"针黹纺绩"，都完全符合那个时代对女德的定义。而所有的"德"，本质上都是在责成个人的自我牺牲。

一些西方学者惊叹于儒家文化强大的动员力。他们认为儒学塑造的自上而下的社会体系正是中国能够经历几番起落、衰而复兴的原因。世界上还没有第二个国家和民族能做到这一点。

然而还有一个问题也值得我们深思：在辉煌的集体荣耀的背后，有多少人曾经主动或被动地牺牲了自己的才华、自由乃至生命？《红楼梦》的作者将故事背景设定在一个烈火烹油的盛世，但被牺牲掉的大多数人，似乎并不曾真正拥有过那个盛世。

　　浮生一粒，怎敌他大义千年？

　　然而比起集体的荣耀，伟大的文学家往往更关心个体的幸福和个人价值的实现。因为这才是人本主义的本质。

　　于是作者又创作出了林黛玉这样一个与宝钗相比，显得反传统的人物形象。因为特殊的家庭背景，她接受了男性化的文化教育，而免于妇德的束缚。作者给她提供了衣食无忧的生活，让她在诗歌的世界进行毫无边际的探索，追问一些根本不是传统的中国女性敢问出来的问题：我存在的意义是什么？我的终极归宿在哪里？

　　"不要看这书正面"承载着作者对于正统伦理的反思，而将全书主角设定为具有反传统特性的"正邪两赋而来之人"，更体现出作者对于个体价值的一种诚意满满的关切。

　　作者创作出尤三姐这个彻底颠覆传统的人，还将她拔高到一个相当突出的位置，或许是作者在全书中最大的一处叛逆了。

或许，从"文化"的味道来说，尤三姐永远也赶不上钗黛；但是从"人"的味道来说，三姐的勇敢和纯粹又绝非那些多少受了禁锢的"文化人"可比。

（二）

《红楼梦》正面的伦理是当时社会的秩序法则，每个人对于社会秩序的安排都只有接受的份，更何况是女孩子？

尤三姐偏不。

她是全书唯一彻底反转《红楼梦》这柄"风月鉴"，还将正面的规则——打破的女性。

对于男尊女卑的规则，她是不以为然的。只知道满足自己的私欲，本身毫无担当的贵族公子，在她眼中不过是"现世宝"，是要被她指着鼻子臭骂的。对于当时将一切责任推给女人背的社会规则，她是深知底里但坚决不从的。如果某一天尤氏姐妹要承担他们父子兄弟聚麀的后果，那她要先收拾了贾珍、贾琏这两个罪魁祸首，再去和凤姐拼命。

社会正统对宝玉的嘲讽以及对柳湘莲的误解，尤三姐是不屑一顾的。比起一个人是否遵守世俗的规矩，她更重视他们内心的想法。

最关键的地方在于，尤三姐是一个决不肯受人摆布的人。

和贾珍"挨肩擦脸，百般轻薄"是出于她的自愿，没有问题；但是一旦贾琏出面强行把自己"许配"给贾珍，她就坚决不同意了。撕破脸之后，她在那场气氛诡异的酒局中，完全扮演起了一个男性的角色：什么时候喝酒是她说了算，请谁来喝酒是她说了算，谈话内容由她来主导，就连什么时候散场也是由她做主。甚至，就连和"性"相关的，令凤姐这个"脂粉队里的英雄"也只能屈居被动的情境，她也要掌握主动权，"竟真是他嫖了男人，并非男人淫了他"……实在太惊世骇俗了，真可谓红楼第一奇女子。

贾珍兄弟被她的指挥棒耍得团团转，只能由着她辱骂、由着她勾引、由着她提要求，又由着她把要来的东西糟蹋掉。尤三姐掌握着全部的主动权，而且她故意挥霍着自己手上的主动权。

很多人不能理解尤三姐的这些做法。在我看来，她只是翻转了风月鉴，将贾珍等人一贯的恣意妄为返还到他们身上罢了。

尤三姐应该是享受这个拿着对方作践取乐的过程的，用她的话说，这是对自己姐妹未来悲惨下场的"准折"，也就是变相补偿。这固然不是一种理想的状态，但它是在已经沦陷的情况下，尤三姐重新夺回主动权的一种方式。

就连婚姻大事这件正统伦理绝对不允许女孩子采取主动，甚至也不允许男孩子采取主动的事情上，尤三姐也还是要掌握绝对的主动权的。

三姐只愿意嫁那一个她心目中取中的爱人。任凭家人挑选，无论条件再好，"我心里进不去，也白过了一世"。三姐是一定要掌握自己的命运的，而她选择的标准是自己内心的感受：一定要我自己心里"进得去"，否则就算锦衣玉食，这一辈子也是白过了。照她这个标准，贾府中的一干太太命妇们，包括她的大姐尤氏，都不过是"尸居余气"，苟活一世的可怜虫罢了。

从不计后果地糟践贾琏兄弟取乐，到追求一段在世人看来不太可靠的婚姻，三姐的出发点都是要对得起自己——她的自我意识强烈到了有些以个人为中心的地步。这和以秩序为纲、以社会为中心、提倡妇女自我牺牲的主流道德标准可谓针尖对麦芒，因此她的覆灭也实在令人意外。

就连三姐最终的自刎也是在掌握主动权。与其让柳湘莲和贾琏"出去再议"，由他们去扯皮自己的去留问题，不如自己亲自处理：将柳湘莲索取的鸳鸯剑还给他，同时与这个已无出路的世界彻底诀别。

乃至后来与湘莲在梦中相见，何时出现，何时抽身，三姐依然掌握着全部的主动权。当湘莲不舍，忙欲上来拉住问时，尤三姐只说了几句话，便一阵香风，无踪无影去了。实在是潇洒至极。

在整部《红楼梦》中，我们看不到第二个女子像这样勇敢而坚决地要掌握自己的命运——勇敢到无所畏惧，坚决到不惜一切代价。

三姐是时代的反叛者，也是时代的英雄。

其实，不鼓励女人采取一个主动的姿态，不希望女人掌控自己的命运，并不是中国古代才有的。即使在自诩平等开明的今天，在许多国家，人们对男人和女人私生活的道德要求依然是极不对称的。在日本，女性离婚和再婚仍然被普遍视作不光彩的事；印度许多地区的寡妇至今是踊跃殉夫的；在一些更落后的东南亚小国，"不规矩"——包括穿着暴露——的女性仍被视作一种耻辱，社会和法律甚至默许家人对她们处以私刑。

即便已经过去了三百年，尤三姐除了那双小脚，在很多方面竟仍然是一个"进步女性"。她仍然遥遥地站在前面，等待着我们追上她的脚步。

（三）

尤三姐是一个我们在由男性主导的世界文学殿堂之中鲜少见到的女性角色。

我们提过波伏娃的观点：男作家笔下的女性，往往是男性目光注视下的女性；她们并非真正的女性，而是"第二性"。被《红楼梦》续作者涂改后的尤三姐，就大致属于一个"第二性"——被男性立场驯化了的女性形象。

然而原著中的尤三姐，却是一个真正的女性。作者创造出一块教化稀薄的土壤让她去发展，于是她便发展出了一种具备觉醒力的自珍自爱的女性意识，一份绝不肯在社会规则的压迫下委曲求全而定要让自己的有生之年"不白过"的信仰，一次冒天下之大不韪的努力把握自己命运的尝试，以及一颗视自由和尊严高于生命的勇敢的心。

短短的四千字，每次读来都能令我热泪盈眶。

这些文字是这样精致优美，珠玑纷呈；这些文字又是这样铿锵有力，直刺人心。

我私心以为，只这四千字，便值得十个诺贝尔文学奖。

而这四千字带给我的美与震撼的感受，正是生为中国人、识得中国字最让我感到幸运的一大原因。

附　录

大观园"三春"时间线

《红楼梦》前八十回详细讲述了宝玉十三岁到十五岁这三年之间的故事。有人认为判词中数次提到的红楼"三春"，既是指贾家的迎、探、惜三位小姐，也是暗指宝玉和姐妹们在大观园中度过的这三年光阴。

唐伯虎诗曰："一年三百六十日，春夏秋冬各九十。"

《红楼梦》开篇第一回，一僧一道带宝玉幻形入世之后，在姑苏分手，各干营生去了，并约定三劫之后在北邙山再会，将红楼一众痴男怨女带到警幻案下销号。脂砚斋便批道："凡三十年为一世。三劫者，想以九十春光寓言也。"①

---

① 《脂砚斋重评石头记甲戌本》第一回眉批。

"三春"也就是九十春光，既是三个月，也是三年，同时还可以代表九十年，即所有人在人世间的大限。

大观园里的"三春"，应当是至关重要的，占据了前八十回中多达六十三回的篇幅。第三年八月份王夫人说"因叫人查看了，今年不宜迁挪，暂且挨过今年，明年一并给我仍旧搬出去心净"①，那么大观园这个清净女儿之境在次年应该就土崩瓦解了。宝玉和姐妹们在其中无忧无虑的生活，恰恰是三年——对应小说前八十回中的第十八到八十回②。

其实在进入第十八回，也就是"三春"叙事之前，书中的时序颇为含糊，节奏也较为混乱。一个例子是宝黛钗的年龄矛盾，宝钗究竟是十岁左右还是十四岁进的荣国府？另一个例子是秦可卿生病前后的季节叙述秋冬间杂：第六回刘姥姥出场是初冬，第八回已经是大雪季节；然而第十一回凤姐又对秦可卿说"如今才九月半……"③，出门又见黄花红叶，一番秋天的景致；再如林如海的死讯传来正

---

① 《脂砚斋重评石头记庚辰本》第七十七回。
② 《脂砚斋重评石头记庚辰本》第八十回结束于大观园"三春"第三年的十一月左右。
③ 《脂砚斋重评石头记庚辰本》第十一回。

值秦可卿丧事期间，可以倒推秦氏死亡时间为秋天。这和头一年末大夫判断她活不过春天又是矛盾的。

到第十七回盖大观园，作者直接用一句"又不知历几何时"①，将时间快进至某个春天，大观园建成。然而这年的故事依旧没有详写，只说完成了大观园的软装潢、请戏子和尼姑等，便忙到十月底，预备元春省亲了。

从次年元宵元春省亲开始，也就是第十八回，《红楼梦》终于从超现实、蒙太奇和快进模式进入正常播放模式。

此后的六十三回之中，作者叙述第一年的故事用了三十五回的篇幅，第二年大约十七回，第三年的故事则占据了最后十一回的篇幅。

第一年是描述最详细的年份，也发生了最多、最重要的情节，例如元春省亲，黛玉葬花，宝黛私下确定恋爱关系，黛玉、宝钗冰释前嫌，宝琴、岫烟等"四美"进入大观园等。大观园在这一年由建成到达鼎盛，而宝玉和黛玉之间的感情也实现了成熟和升华。

第二年，大观园开始陷入混乱。贾母、王夫人等权力

---

① 《脂砚斋重评石头记庚辰本》第十七回。

核心缺席，凤姐病倒，园子上中下三等人物矛盾激化，探春大放异彩。

第三年，大崩溃的前奏。上半年着墨极少，只有黛玉结桃花社一回提示春天。然而这恐怕是大观园最后一个春天了。诗社起于海棠、菊花这些金秋肃杀的主题，好不容易写到了春意盎然的桃花，却全是悲音，而且别人都不曾唱和——《桃花行》是黛玉一人的绝唱。之后咏的便是柳絮——兰因絮果，四散飘零之意。这一年笔笔都是在写落败：家庭内讧白热化，凤姐四处碰壁；大观园成了伤风败俗、藏奸偷情之所；贾府资金捉襟见肘，需要靠典当资产来维持运营；"外祟"作乱；甄家被抄，荣国府自抄大观园；家里的千年人参变成了朽木；大观园群芳逐渐凋零……

我们将这三年内重要且可推知的时间点列出，供读者参考。

表五　大观园"三春"时间线

时间	事件	回目
第一年		共三十五回
正月十五日	元春省亲	第十八回

时间	事件	回目
正月二十一日	宝钗十五岁生日	第二十二回
二月二十二日	群钗搬入大观园	第二十三回
三月中旬	双玉读曲	
四月二十六日	芒种节，黛玉葬花	第二十七回
五月一日	清虚观打醮	第二十九回
五月三日	薛蟠生日	
五月四日	下暴雨，宝玉误踢袭人	第三十回
五月五日	晴雯撕扇	第三十一回
五月六日	宝玉赠麒麟给湘云，黛玉偷听到宝玉在人前称赞自己为知己，金钏儿跳井	第三十二回
	宝玉挨打	第三十三回
	黛玉题帕	第三十四回
五月	王夫人提拔袭人为姨娘	第三十六回
八月二十日	贾政点了学差，外出上任	第三十七回
九月二日	凤姐生日	第四十三回
九月十四日	赖大家酒宴，柳湘莲痛打薛蟠	第四十七回
十月十四日	薛蟠出门做生意，不久后香菱搬入大观园	第四十八回

时间	事件	回目
十一月十五日（估）	宝琴、湘云入园	第四十九回
十一月十八日（估）	争联即景诗	第五十回
十二月二十九日	宁国府祭祖	第五十三回
第二年		**共十七回**
正月十五日	元宵家宴。因老太妃欠安，不能省亲，也无灯谜	第五十三回
正月	凤姐流产，身体亏虚，李纨、探春理家	第五十五回
三月初（估）	老太妃薨。贾母、王夫人等随祭一个月，其间经过清明节	第五十八回
四月（估）	宝玉生日	第六十二回
	贾敬去世	第六十三回
六月三日（估）	贾琏偷娶尤二姐	第六十四回
七月	薛蟠回京，尤三姐定亲	第六十六回
八月	柳湘莲进京，三姐自刎	
十月十五日	凤姐迎尤二姐进贾府	第六十八回
十二月	尤二姐自杀	第六十九回

（续表）

时间	事件	回目
第三年		共十一回
三月一日	黛玉结桃花社	第七十回
三月二日	探春生日	
时间不详	贾政回京	第七十一回
七月二十八日至八月五日	贾母八十岁生日，大摆寿宴	
八月	甄家被抄	第七十五回
八月十五日	中秋家宴	
八月	晴雯病死	第七十八回
	宝玉生病，薛蟠迎娶夏金桂	第七十九回
十一月（估）	宝玉生病已满百日	第八十回

　　值得注意的是，从第二年过渡到第三年之后，书中人物说的话却总像是已经过了不止一年。例如贾政于第一年八月外出做官，第三年春天即将归来，按书中时序不过一年半而已，但在袭人口中老爷已经走了"三四年"之久。再如第三年中秋夜，贾母和尤氏提起第二年的贾敬去世，

却说"可怜你公公已是二年多了"①。中秋过后王夫人撵走芳官时，指责芳官在贾母等往皇陵随祭期间调唆宝玉要柳五儿，说的是"前年"而非"去年"。第一年下半年刘姥姥二进荣国府时七十五岁，贾母说她比自己大好几岁，而两年后贾母竟然已经开始过八十大寿。第七十八回写姽婳词时，提到贾兰十三岁，贾环比他长一两岁，宝玉又至少比贾环大一岁（中间隔探春），这样算去宝玉已经至少十六岁。因为这几处"错"得很一致，说明在第二和第三年之间，作者想要表达的时间跨度可能要更久一些。这有可能是作者"增删五次"过程中，来不及剔除的毛刺。

---

① 《脂砚斋重评石头记庚辰本》第七十六回。

.